El asombroso viaje de Pomponio Flato

Biblioteca Eduardo Mendoza
Novela

Eduardo Mendoza

El asombroso viaje de Pomponio Flato

Seix Barral

El papel de este libro procede de bosques gestionados de forma sostenible y de fuentes controladas.

Esta edición dispone de recursos pedagógicos en www.planetalector.com

Seix Barral, un sello editorial de Editorial Planeta, S. A.
Avda. Diagonal, 662-664. 08034 Barcelona (España)
www.seix-barral.es
www.planetadelibros.com

Diseño de la cubierta: Booket / Área Editorial Grupo Planeta
Ilustración de la cubierta: © Mr. H. Marston en el papel de Marco Antonio, en *Julius Caesar*, de William Shakespeare (grabado, escuela inglesa, siglo XIX), The Stapleton Collection / The Bridgeman Art Library / Index Fototeca.
© DLW-Designs / Shutterstock

Primera edición en esta presentación en Colección Booket: septiembre de 2016
Segunda impresión: diciembre de 2016
Tercera impresión: enero de 2017
Cuarta impresión: mayo de 2017
Quinta impresión: junio de 2018
Sexta impresión: junio de 2019
Séptima impresión: febrero de 2021
Octava impresión: diciembre de 2022
Novena impresión: abril de 2024
Décima impresión: mayo de 2025

Depósito legal: B. 12.837-2016
ISBN: 978-84-322-2943-5
Impreso en España

Biografía

Eduardo Mendoza nació en Barcelona en 1943. Ha publicado las novelas *La verdad sobre el caso Savolta* (1975; *Los soldados de Cataluña*, 2015), Premio de la Crítica; *El misterio de la cripta embrujada* (1979); *El laberinto de las aceitunas* (1982); *La ciudad de los prodigios* (1986), Premio Ciutat de Barcelona; *La isla inaudita* (1989); *Sin noticias de Gurb* (1991, 2011 y 2014); *El año del diluvio* (1992); *Una comedia ligera* (1996), Premio al Mejor Libro Extranjero en Francia, referido además a todo el conjunto de su obra; *La aventura del tocador de señoras* (2001), Premio al Libro del Año del Gremio de Libreros de Madrid; *El último trayecto de Horacio Dos* (2002); *Mauricio o las elecciones primarias* (2006), Premio de Novela Fundación José Manuel Lara; *El asombroso viaje de Pomponio Flato* (2008), Premio Terenci Moix y Pluma de Plata de la Feria del Libro de Bilbao; *El enredo de la bolsa y la vida* (2012); *El secreto de la modelo extraviada* (2015); *El rey recibe* (2018); *El negociado del yin y el yang* (2019); *Riña de gatos. Madrid 1936* (2010; Seix Barral, 2020), Premio Planeta 2010 y Premio del Libro Europeo; *Transbordo en Moscú* (2021) y *Tres enigmas para la Organización* (2024); el libro de relatos *Tres vidas de santos* (2009), *Teatro reunido* (2017), el ensayo *Qué está pasando en Cataluña* (2017) y *Las barbas del profeta* (2017; Seix Barral, 2020). Ha recibido el Premio Cervantes 2016, el Premio Liber, el Premio Nacional de Cultura de la Generalitat de Cataluña, el Premio Franz Kafka, el Premio Internacional de Novela Histórica Barcino y el Premio Princesa de Asturias de las Letras 2025.

CAPÍTULO I

Que los dioses te guarden, Fabio, de esta plaga, pues de todas las formas de purificar el cuerpo que el hado nos envía, la diarrea es la más pertinaz y diligente. A menudo he debido sufrirla, como ocurre a quien, como yo, se adentra en los más remotos rincones del Imperio e incluso allende sus fronteras en busca del saber y la certeza. Pues es el caso que habiendo llegado a mis manos un papiro supuestamente hallado en una tumba etrusca, aunque procedente, según afirmaba quien me lo vendió, de un país más lejano, leí en él noticia de un arroyo cuyas aguas proporcionan la sabiduría a quien las bebe, así como ciertos datos que me permitieron barruntar su ubicación. De modo que emprendí viaje y hace ya dos años que ando probando todas las aguas que encuentro sin más resultado, Fabio, que el creciente menoscabo de mi salud, por cuanto la afección antes citada ha sido durante este periplo mi compañera más constante y también, por Hércules, la más conspicua.

Pero no son mis infortunios lo que me propongo relatar en esta carta, sino la curiosa situación en que ahora me hallo y la gente con la que he trabado conocimiento.

Mis averiguaciones me habían llevado, desde el Ponto Euxino al territorio que, partiendo de Trapezunte, se extiende al sur de la Cilicia, a un lugar donde existe una extraña corriente de agua oscura y profunda, que al ser bebida por el ganado vuelve las vacas blancas y las ovejas negras. Después de un día de viaje a caballo llegué solo al lugar por donde discurren estas aguas, me apeé y me apresuré a beber dos vasos, ya que el primero no parecía surtir ningún efecto. Al cabo de un rato se me enturbia la vista, el corazón me late con fuerza y mi cuerpo aumenta groseramente de tamaño a consecuencia de haberse interceptado los conductos internos. En vista de este resultado, emprendo el camino de regreso con gran dificultad, porque me resulta casi imposible mantenerme sobre el caballo y más aún orientarme por el sol, al que veo desplazarse de un extremo a otro del horizonte de un modo caprichoso.

Llevaba un rato así cuando oí una poderosa detonación procedente de mi propio organismo y salí disparado de mi cabalgadura con tal violencia que fui a caer a unos veinte pasos del animal, el cual, presa de espanto, partió al galope dejándome maltrecho e inconsciente.

No sé cuánto tiempo estuve así, hasta que desperté y me vi rodeado de un numeroso grupo de árabes que me miraban con extrañeza, preguntándose los unos a los otros quién podía ser aquel individuo y cómo podía haber llegado hasta allí por sus propios medios. Con un hilo de voz les dije que era un ciudadano romano, de familia patricia y de nombre Pomponio Flato, y que de resultas de una ligera indisposición me había caído del caballo.

Habiendo escuchado atentamente mi relato, deliberaron un rato sobre cómo proceder, hasta que uno dijo:

—Propongo que le robemos lo que todavía lleva encima, que le demos por el culo reiteradamente y que luego le cortemos la cabeza como suele hacer con los viajeros nuestra pérfida raza.

—Pues yo propongo —dice otro— que le demos agua y alimentos, lo subamos a un camello y lo llevemos con nosotros hasta encontrar quien pueda curarle y hacerse cargo de él.

—Bueno —dicen los demás con voluble facundia.

Tras lo cual me levantan del suelo, me atan con sogas a la giba de un camello y reemprenden la marcha. Al ponerse el sol la caravana se detuvo e hizo campamento al pie de una duna, sobre la que se encendió una fogata y fue colocado un vigía para mantener alejados a los leones u otros merodeadores nocturnos.

Cinco días he viajado con estas gentes, de vida trashumante, pues no pertenecen a ningún lugar ni se detienen tampoco en ninguno, salvo el tiempo necesario para comprar y vender las mercaderías que transportan. La caravana está compuesta exclusivamente de hombres, monturas y bestias de carga. Si en sus breves paradas alguno entabla relación con una mujer, al partir la deja donde la ha encontrado, por más que ella insista en acompañarle. Con todo, son monógamos y muy fieles a las mujeres que han conocido, a las que visitan y colman de regalos cuando sus viajes los llevan de nuevo al lugar donde ellas habitan. En estas ocasiones, y también por un periodo muy breve, reanudan sus efímeras relaciones, por más que las mujeres se hayan aparejado de nuevo en el intervalo, cosa que comprenden y aceptan. Si de una unión ha habido hijos, los dejan con sus madres, pero proveen a su manutención. Cuando el niño cumple los siete años, lo recuperan y lo incorporan a la caravana. Como los hijos nacidos de una forma tan aleatoria son pocos, el grupo étnico acabaría por extinguirse. Para evitar que suceda tal cosa, roban niños, a los que crían y tratan como a verdaderos hijos. De esta manera su número no mengua, pero por la misma razón son temidos. Si alguno enferma de gravedad o por causa de su vejez ya no puede seguir llevando la dura vida de estas gentes, lo abandonan en un oasis con un odre de agua y un puñado de dátiles y la esperanza de que pase por allí otra caravana y reponga las parcas vituallas de su camarada. Como esto no sucede casi nunca, en los oasis que jalonan su ruta no es raro encontrar esqueletos rodeados de pepitas de dátil.

Como todos los nabateos, adoran a Hubal, a quien a veces llaman también Alá, y a las tres hijas de éste, que también consideran diosas, aunque de menor rango. Rezan todos juntos al empezar y al acabar el día, postrándose en la dirección en que, según sus cálculos, está Jerusalén.

En su vida diaria son afables, locuaces y amigos de reír y de contar fábulas. Pero nunca recuerdan el pasado ni hacen planes de futuro, y si algo relatan, se cuidan de aclarar que todo lo que sucede en el relato es fruto de su imaginación. Como están obligados a convivir los unos con los otros día y noche, desde la infancia hasta la muerte, tienen por norma estricta evitar una familiaridad que con toda seguridad derivaría en conflicto y degeneraría en enemistad. Por esta causa extreman la formalidad y la discreción y son muy ceremoniosos. Comen y duermen separadamente, y cada vez que se dan por el culo se hacen mil reverencias y se interesan por la salud del otro y por la marcha de sus negocios, como dos amigos que se reencontraran tras una larga ausencia. Para ellos la hospitalidad es sagrada, pero desconfían de los desconocidos, tanto de su raza como de otra. Si se cruzan con otra caravana o con un grupo de viajeros o pastores, deciden en conciliábulo lo que harán. A veces saludan a los extraños y siguen su camino; otras, los aniquilan. No comen cerdo. Si pueden, se lavan. Nunca se afeitan.

Al atardecer del quinto día de viaje avistamos un campamento romano. Los árabes optan por no acercarse, pero ante mis ruegos dejan que me vaya sin pedir rescate, sabiendo que nada tengo y sospechando que nadie daría por mí un sestercio. Les di las gracias y les prometí recompensar su magnanimidad la próxima vez que el hado nos reuniera, a lo que:

—Por al-Llah —respondieron—, que tal cosa es improbable si continúas bebiendo inmundicias.

Tras lo cual prosiguen su camino y yo me dirijo a pie hacia el campamento dando voces en latín para no ser confundido con un enemigo y recibir un dardo. En el campamento hay una cohorte de la XII legión, Fulminata, con veinte jinetes y un pequeño cuerpo auxiliar al mando de Liviano Malio, hombre de edad avanzada, temperamento ecuánime y gran barriga. Le doy cuenta de quién soy y cómo he venido a parar aquí. Él me escucha y, al informarle del objeto de mi viaje, me responde que, aunque lleva en Siria varios años, pues fue trasladado allí con Quinto Didio poco después de la batalla de Accio, en la que luchó al lado de Marco Antonio y Cleopatra, nunca ha oído hablar de unas aguas que tuvieran aquellas propiedades extraordinarias. Sólo en una ocasión, dice, cerca de Alejandría, vio retozar un hipopótamo en las aguas del Nilo. Luego me informa de que él y sus hombres se dirigen a Sabaste, a fin de apoyar a la población, pues ésta, en la rebelión que desde hace tiempo agita el país, se ha mantenido fiel a Roma.

A la mañana siguiente, antes de levantar el campamento y proseguir la marcha, mi anfitrión se dirige a la tropa y pronuncia una breve alocución. Lo hace todos los días, porque así se lo vio hacer a Marco Antonio y sigue pensando, pese al tiempo transcurrido, que es bueno para mantener alta la moral de los soldados y su sentido de la disciplina. No obstante, con el paso de los años, la arenga ha perdido frescura y convicción. Debido a su gordura, Liviano Malio tiene aires patricios con túnica y toga, pero revestido de armadura y bragas, su aspecto resulta algo bufo. Mientras promete la gloria a cambio del valor y del esfuerzo, los soldados no disimulan su hilaridad. Liviano Malio lo advierte y sufre, pero acaba su alocución con el gesto estoico de quien cumple un arduo deber sin esperar recompensa, da los tres gritos de rigor, a los que la tropa responde con desgana, y la expedición se pone en marcha.

Después de cuatro jornadas de viaje y haber vadeado el río Jordán, el propio Liviano Malio me aconseja que abandone su compañía, pues de no hacerlo tiene por cierto que me veré envuelto en hechos de guerra. No hace falta que lo jure por los dioses, como se dispone a hacer, porque desde ayer venimos encontrando aldeas destruidas por el fuego que los propios sublevados les aplican cuando creen que la suerte de las armas les será adversa. Antes que entregarse a los romanos y ver sus templos profanados, los judíos prefieren darse muerte unos a otros y dejar que el último, antes de suicidarse, incendie la población y cuanto ésta contiene. A menudo es tal su precipitación por matarse entre sí que al final no queda nadie para aplicar la antorcha. Esta circunstancia imprevista permite a los legionarios saquear el lugar, pero la rápida descomposición de los cadáveres expuestos al sol provoca epidemias. Por esta causa las autoridades romanas prefieren el holocausto y lo fomentan, aunque suponga una merma para sus ingresos. Como yo tampoco deseo entrar en combate, acepto la proposición, pero si me separo del cuerpo expedicionario y me quedo solo en esta tierra hostil, ¿adónde iré? La región, según he podido saber, está infestada de bandidos y salteadores, así como de personas que, aun no siéndolo de profesión, no desaprovechan la oportunidad, cuando se presenta, de robar y matar a quien encuentran en condiciones de inferioridad. El más renombrado de estos bandidos es uno llamado Teo Balas, famoso por su crueldad y sus costumbres sanguinarias. A los hombres les da muerte a espada; a las mujeres las cuelga de los tobillos cabeza abajo para cortarles los pechos, y tiene predilección por beber la sangre de los niños. A este monstruo lo vienen persiguiendo las autoridades judías y romanas desde hace años aunque en vano, porque nadie conoce su paradero ni su apariencia, pues quienes lo han visto no han vivido para identificarlo.

CAPÍTULO II

La benevolencia de los dioses, Fabio, no abandona ni siquiera a quienes, como yo, dudan de su existencia. Al atardecer del quinto día, y a menos de una jornada de nuestro destino, nos cruzamos con un tribuno que, procedente de Cesarea y con una pequeña escolta de seis hombres, se dirige a realizar un trámite en una pequeña aldea del norte. Le expongo mi situación y accede a que le acompañe, pues prevé que el asunto no le ocupará más de un día, tras lo cual regresará a Cesarea, donde reside el procurador de Judea, el cual tomará las disposiciones necesarias para mi regreso a Roma o el traslado a otro lugar, si persisto en el propósito de mi viaje.

Acepto agradecido y me despido de Liviano Malio, a quien deseo suerte en su misión y feliz regreso a Siria. Él también me desea suerte e impulsivamente me abraza y me dice al oído que no me fíe de nadie, ni judío ni romano. Luego ordena a los soldados reemprender la marcha y yo me pongo en camino en compañía del tribuno y su reducido séquito.

El tribuno se llama Apio Pulcro y pertenece, como yo, a una ilustre familia de la orden de caballería. Fue acérrimo partidario de Julio César, pero tras su asesinato se pasó al bando de Bruto y Casio. Más tarde, previendo que esta facción no ganaría la guerra, desertó y se unió a las filas del triunvirato compuesto por Marco Antonio, Augusto y Lépido. Terminada la guerra, y enfrentados Augusto y Marco Antonio, luchó al lado de este último. Después de la derrota de Accio, se ganó el favor de Augusto traicionando a Antonio y revelando el posible paradero secreto de Cleopatra, con la que se vanagloria, a mi modo de ver sin autenticidad, de haber tenido un escarceo amoroso. Con este continuo ir y venir había logrado salvar la vida en repetidas ocasiones, pero no medrar, como había sido en todo momento su propósito.

—Todo ha cambiado desde los tiempos de la república —exclamó con amargura al término de su relato—. ¡Qué lejos quedan los tiempos en que Roma pagaba a los traidores! Otros con menos méritos son ahora gobernadores de provincias prósperas, prefectos, magistrados, incluso cónsules. En cambio yo, que tanto he hecho por los unos y por los otros, mírame: oscuro tribuno en esta tierra desprovista de toda amenidad, pobre y, por añadidura, hostil. Pero tú, a la vista de tu situación y de tu aspecto, seguramente habrás sido víctima de una injusticia similar.

Le respondí que no, que me encontraba en aquella situación por mi propia voluntad y por mi afán de investigar y de saber. Siempre me he mantenido al margen de la política y sólo en una ocasión, más por razones familiares que personales, me declaré partidario de Lépido, lo cual me valió la animadversión tanto de Augusto como de Marco Antonio, aunque, visto desde otro ángulo, también me puso a salvo de las represalias, pues si no por amigo suyo, cada cual me tenía por enemigo de su rival. Todo lo cual, en definitiva, poca importancia tiene, habiéndome yo mismo impuesto el exilio en los confines del Imperio.

—La Historia Natural, a cuyo estudio me he consagrado siguiendo los pasos de Aristóteles y Estrabón, de quienes soy devoto discípulo —concluí—, no tiene fronteras ni sabe de facciones.

—Pero esto, por Juno —replicó Apio Pulcro—, no impide que existan las fronteras y dentro de cada frontera, las facciones, de cuyas causas y efectos nadie puede mantenerse al margen, como pronto verás en esta ingrata tierra.

Por lo que he podido ir viendo, Apio Pulcro es hombre taciturno y muy escrupuloso en todo lo que concierne a sus obligaciones, que, según él mismo afirma, se reducen a mandar y mantener la disciplina. Si hay autoridad y disciplina, dice, todo lo demás funciona solo. Si no, nada funciona, aunque se le ponga empeño. Roma es el mejor ejemplo de esta máxima; y la tierra que en estos momentos atravesamos, también, pero en sentido contrario.

Apio Pulcro lleva sus convicciones a la práctica con un rigor que al principio causa espanto. Mantiene sobre sus hombres una vigilancia constante y ni el calor asfixiante ni las dificultades del terreno disminuyen el nivel de su exigencia. Durante el primer día de marcha, condenó a recibir cincuenta latigazos a un soldado que se había rezagado para ajustarse la correa de la sandalia; a otro, que dejó caer el venablo al tropezar con una roca, dispuso que le cortaran un brazo; a un tercero, que protestó porque su ración de comida estaba agusanada, le impuso la pena de muerte por decapitación. Estas sentencias terribles las pronunció del modo más ligero, como si fueran lo más natural. Y yo pensé que lo eran al ver que los soldados, incluso aquellos sobre quienes habían recaído, las aceptaban con una resignación rayana en la apatía.

Aquella noche, una vez establecido el campamento, vi que los castigados acudían a la tienda del tribuno. Cuando la abandonaron para reunirse con sus compañeros, entré y encontré a Apio Pulcro contando unas monedas. Me invita a sentarme y dice:

—Para impedir que se relaje la moral de los soldados hay que hacer gala de severidad. De este modo mantienen el sentido del deber y de la jerarquía. Pero si los culpables reconocen su error y prometen no volverlo a cometer, nada impide que se les extienda la magnanimidad propia de un oficial del ejército romano, ni que ellos muestren su gratitud mediante un donativo.

En días sucesivos se repitieron los implacables castigos y su posterior conmutación, lo cual tranquilizó un poco mi ánimo conturbado.

CAPÍTULO III

Palestina está dividida en cuatro partes: Idumea, Judea, Samaria y Galilea. Al otro lado del río Jordán, en la parte que limita con Siria, se encuentra la Perea, que según algunos también es parte de Palestina. En conjunto es tierra fragosa y mezquina. No así la Galilea, donde la Naturaleza se muestra más amable: el terreno es menos accidentado, no escasea el agua y las montañas cierran el paso al viento abrasador que hace estéril y triste la vecina región. Aquí crecen olivos, higueras y viñas y en los lugares habitados se ven huertos y jardines. Entre la población predominan los judíos, pero al ser tierra rica no faltan fenicios, árabes e incluso griegos. Su presencia, según Apio Pulcro, hace la vida soportable, porque no hay peor gente en el mundo que los judíos. Aunque su cultura es antigua y el país se encuentra en medio de grandes civilizaciones, los judíos siempre han vivido de espaldas a sus vecinos, hacia los que profesan una abierta inquina y a quienes atacarían de inmediato si no estuvieran en franca inferioridad de condiciones. Rudos, fieros, desconfiados, cerrados a la lógica, refractarios a cualquier influencia, andan enzarzados en perpetua guerra, unas veces contra enemigos externos, otras entre sí y siempre contra Roma, pues, a diferencia de las demás provincias y reinos del Imperio, se niegan a aceptar la dominación romana y rechazan los beneficios que ésta comporta, a saber, la paz, la prosperidad y la justicia. Y esto no por un sentimiento indomable de independencia, como ocurre con los bretones y otros bárbaros, sino por motivos estrictamente religiosos.

Por extraño y cicatero que parezca, los judíos creen en un solo dios, al que ellos llaman Yahvé. Antiguamente creían que este dios era superior a los dioses de otros pueblos, por lo que se lanzaban a las empresas militares más disparatadas, convencidos de que la protección de su divinidad les daría siempre la victoria. De este modo sufrieron cautiverio en Egipto y en Babilonia en repetidas ocasiones. Si estuvieran en su sano juicio, comprenderían la inutilidad del empeño y el error en que se funda, pero lejos de ello, han llegado al convencimiento de que su dios no sólo es el mejor, sino el único que existe. Como tal, no ha de imponer a ningún otro dios ni su fuerza ni su razón y, en consecuencia, obra según su capricho o, como dicen los judíos, según su sentido de la justicia, que es implacable con quienes creen en él, le adoran y le sirven, y muy laxo con quienes ignoran o niegan su existencia, le atacan y se burlan de él en sus barbas. Cada vez que la suerte les es contraria, o sea siempre, los judíos aducen que es Yahvé el que les ha castigado, bien por su impiedad, bien por haber infringido las leyes que él les dio. Estas leyes, en su origen, eran pocas y consuetudinarias: no matar, no robar, etcétera. Pero andando el tiempo, a su dios le entró una verdadera manía legislativa y en la actualidad el cuerpo jurídico constituye un galimatías tan inextricable y minucioso que es imposible no incurrir en falta continuamente. Debido a esto, los judíos andan siempre arrepintiéndose por lo que han hecho y por lo que harán, sin que esta actitud los haga menos irreflexivos a la hora de actuar, ni más honrados, ni menos contradictorios que el resto de los mortales. Sí son, comparados con otras gentes, más morigerados en sus costumbres. Rechazan muchos alimentos, reprueban el abuso del vino y las sustancias tóxicas y, por raro que suene, no son proclives a darse por el culo, ni siquiera entre amigos.

Hasta hace unos años, las cuatro partes de Palestina estuvieron unidas bajo un solo rey, hombre admirable y decidido partidario de Roma, pero a su muerte estallaron conflictos sucesorios y Augusto, para evitar enfrentamientos, dividió el país entre los tres hijos del difunto. Al que correspondió esta parte de Palestina se llama Antipas, pero al acceder al poder unió a su nombre el de su ilustre padre, por lo cual se hace llamar Herodes Antipas. Es, a juicio de mi informante, un individuo astuto, pero de carácter débil, por lo que se ve precisado a recurrir constantemente a las autoridades romanas para hacerse respetar por su pueblo. De este modo lo mantiene a raya, pero a costa de una impopularidad que va en aumento a medida que pasan los años. Con el pretexto más nimio podría producirse un levantamiento y, de hecho, raro es el mes en que no surge un foco de rebelión, como el que motivó la intervención de Liviano Malio y los legionarios en cuya compañía he viajado hasta ahora. Por fortuna, estos disturbios son aislados, efímeros y fáciles de sofocar, ya que es difícil que los judíos se pongan de acuerdo y unan sus esfuerzos. Los partidarios más acérrimos de la rebelión son los sacerdotes, que se dicen intérpretes de la palabra de Dios, pero su misma condición de sacerdotes los hace de natural holgazanes, acomodaticios y propensos a estar a bien con el poder. Aun así, caldean los ánimos con sus discursos y de cuando en cuando prometen la venida de un enviado de Dios que conducirá al pueblo judío a la victoria definitiva sobre sus enemigos ancestrales. Esta profecía, común a todos los pueblos bárbaros oprimidos, ha calado hondo en esta tierra levantisca, por lo que a menudo aparecen impostores que se arrogan el título de Mesías, como aquí llaman al presunto salvador de la patria. Con éstos Roma actúa de modo expeditivo.

Entretenidos con la conversación, la caza de algún animal silvestre, como tórtolas o conejos, y las pequeñas anécdotas de la vida castrense, llegamos al atardecer del segundo día a nuestro destino: una pequeña ciudad situada en lo alto de una colina, desde la que se divisa un hermoso paisaje. Es conocida por sus manantiales de aguas medicinales, a las que me propongo recurrir para acabar con las manifestaciones de mi indisposición, que todavía me ocasiona dolores intermitentes, por no hablar de turbación y sobresalto, pues une a lo estruendoso lo impredecible.

Como la ciudad carece de presencia romana en tiempo de paz, fuimos atendidos por la máxima autoridad local: un digno y virtuoso sacerdote llamado Anano, el cual, tras pronunciar unas escuetas frases de bienvenida, se ocupó de nuestro alojamiento. Apio Pulcro y los soldados se alojan en las dependencias del Templo destinadas a huéspedes gentiles, es decir, impíos a juicio de quienes practican la religión judía. A mí, y tras breve consulta con las mujeres de la limpieza, me envían a casa de una anciana viuda donde según dicen sobra una alcoba.

La mujer a cuya casa soy conducido es una arpía desdentada, sorda y casi ciega. Nada de esto le impide preguntar en tono desabrido cómo pagaré el hospedaje y la manutención. La mujer de la limpieza entabla una negociación en la que no participo y la cuestión queda resuelta no sé cómo. A solas con la viuda, ésta me muestra un aposento diminuto, ventilado por una tronera, en uno de cuyos rincones hay un montón de paja que hará las veces de lecho. Junto a la alcoba hay una letrina y en el patio, un pozo. Por el patio deambulan dos cabras. La viuda me dice que vendiendo leche y queso vive con modesta holgura. Acostumbrado a cosas peores, y como sólo he de permanecer aquí una noche, el arreglo me parece satisfactorio. Por lo demás, en mi situación, nada puedo exigir. En tierra extraña, impecune y sin amigos, dependo de la benevolencia ajena.

Con todo, acudo de nuevo al Templo con la intención de pedir algo de dinero a Apio Pulcro hasta tanto no pueda recurrir a mis parientes en Roma. Me dicen que en este preciso momento está reunido con el sumo sacerdote Anano y el resto del gobierno local, aquí llamado el Sanedrín, para solventar el asunto que le ha traído a esta ciudad.

Concluida la reunión, le abordo y le expongo mi petición. Responde que nunca presta dinero por parecerle ésta una transacción indigna de un hombre de su alcurnia. Si necesito dinero, puedo acudir a los prestamistas locales, ya que a los judíos no les importa rebajarse a practicar la usura. Le digo que no tengo nada que pignorar.

—En tal caso —responde alegremente—, habrá que esperar tiempos mejores. De momento, como se suele decir, *carpe diem*. Es hora de cenar y me han recomendado una taberna no lejos de aquí. Buen cordero, sabrosos pescados y un vino excelente. Acompáñame si gustas, Pomponio, y durante la cena te contaré la causa de que estemos en este lugar, si tienes interés en saberlo.

Acepto de buen grado la propuesta, que me complace por partida doble. Desgraciadamente, sólo puedo colmar una de mis dos expectativas, pues sentados a la mesa Apio Pulcro pide comida sólo para él. Mientras la deglute con voracidad, dice:

—Vivía en esta ciudad un hombre principal a quien por sus riquezas y liberalidad todo el mundo llamaba el rico Epulón. Hablo en pretérito imperfecto de indicativo, porque hace dos días fue asesinado por un artesano de la localidad que trabajaba para él y con quien había tenido tiempo atrás una agria disputa en el curso de la cual se le oyó proferir amenazas. El sospechoso fue aprehendido y el Sanedrín lo condenó a muerte.

Interrumpe el relato, da un trago a la jarra de vino, emite un prolongado suspiro de satisfacción, que Hipócrates denomina *eructus magnus*, y prosigue su relato diciendo:

—Como ya sabes, los judíos gozan de amplia autonomía en todos los terrenos, incluido el judicial. Sus tribunales pueden dictar sentencias de muerte. Pero después de la división del reino y por disposición expresa del divino Augusto, sólo el procurador romano o quien éste delegue pueden hacer que se ejecute la sentencia, o conmutarla, si lo estiman oportuno, por otra de prisión o destierro, e incluso absolver al reo. Se trata de una medida destinada a paliar la extrema severidad de la ley mosaica, que prevé lapidar a todo el mundo por la causa más trivial.

»En el caso presente, los hechos están claros, de modo que sólo me restaría supervisar la correcta ejecución del culpable. Por desgracia, pocas veces en este maldito país las acciones se ven libres de connotación política, y ésta no es excepción. Existe una rebelión, unas veces larvada, otras, activa, y no debemos desaprovechar ninguna ocasión de demostrar la firmeza de nuestra autoridad. Por este motivo el procurador ha dispuesto que esta ejecución revista caracteres de ejemplaridad. Esto significa que no podemos recurrir a la decapitación, que es un método limpio, rápido y discreto, siendo preferible la crucifixión. El problema estriba en que la ciudad no dispone de ninguna cruz, por lo que hemos tenido que encargársela al carpintero, y se da la incómoda circunstancia de que el carpintero es precisamente el reo que hemos de ajusticiar.

—Por Júpiter, no debe de estar contento con el encargo ni mostrará celo en cumplirlo —digo.

—Ése es mi temor —dice Apio Pulcro—. Aunque para evitar demoras injustificadas le hemos amenazado con ejecutar también al resto de su familia si no la tiene lista para mañana al atardecer. Si todo sale como está previsto, podemos crucificarlo a la puesta del sol, dejando un pequeño retén de guardia para evitar que alguien lo descuelgue. Y pasado mañana, cumplida nuestra misión, regresar a Cesarea. Hasta entonces, *rebus sic stantibus*, ocuparemos nuestro tiempo como mejor nos parezca. Yo, por ejemplo, me voy a dormir.

Y con estas palabras nos despedimos y nos fuimos a nuestros respectivos alojamientos.

CAPÍTULO IV

Las cabras, Fabio, pertenecen, por la natural disposición de sus partes, a la misma especie animal que las ovejas, pero en tanto que éstas son dóciles, tranquilas, timoratas y, al decir de Aristóteles, estúpidas, las cabras son rebeldes, fogosas, audaces y malintencionadas.

Apenas me desperté, al primer canto del gallo, fui directamente en busca de mi patrona y le indiqué por señas que me acuciaba el hambre, a lo que ella, mostrando las encías en una mueca horrible, señaló un cubo y un escabel, luego a mi propia persona y por último a las dos cabras que por allí retozaban, dando a entender que yo debía ordeñarlas. Yo rehúso y ella insiste acentuando la horrísona mueca y los aspavientos, de los que deduzco que tal es el acuerdo a que se llegó ayer con mi consentimiento tácito. Como no tengo otra opción y el hambre es mucha, trato de hacer lo que me pide.

Por desdicha, todo cuanto sé sobre los animales proviene de muchas y útiles lecturas, por lo que en la práctica me resulta muy difícil manipularlos, sobre todo si ellos no se dejan. Cuando trato de asir a una de las cabras, la otra me embiste por detrás. Caigo del escabel y la primera, encabritándose sobre las manos delanteras, me golpea fuertemente en la cara con las ubres, a la manera de un púgil, tras lo cual huyen ambas balando, mientras el viejo basilisco me pega con la escoba sin dejar de proferir insultos en su incomprensible lengua vernácula. Al final se cansa y se va, dejándome en el suelo, maltrecho y humillado.

Así permanecí un rato, demasiado débil para incorporarme y demasiado confuso para decidir qué hacer, hasta que oí una voz débil que me decía al oído:

—Levántate, Pomponio.

Me senté con esfuerzo y vi a mi lado un niño de corta edad, rubicundo, mofletudo, con ojos claros, pelo rubio ensortijado y orejas de soplillo. Supuse que sería el nieto de la arpía y traté de ahuyentarlo con ademanes coléricos, pero él, haciendo caso omiso de las amenazas, dijo:

—He venido a pedir tu ayuda. Me llamo Jesús, hijo de José. Mi padre es el hombre injustamente condenado a morir en la cruz esta misma tarde.

—¿Y a mí, qué se me da? —repuse—. Tu padre ha cometido un asesinato, el Sanedrín lo ha condenado y un tribuno romano ha refrendado la sentencia. ¿Acaso no es bastante?

—Pero mi padre —porfió el niño— es inocente del crimen que se le imputa.

—¿Y tú cómo lo sabes?

—Él mismo me lo ha dicho, y mi padre nunca miente. Además, él jamás haría una cosa mala.

—Mira, Jesús, todos los niños de tu edad creen que sus padres son distintos al resto de las personas. Pero no es así. Cuando crezcas descubrirás que tu padre no tiene nada de especial. En cuanto a mí, no veo motivo alguno para intervenir en algo que no me concierne.

Jesús rebuscó entre los pliegues de su túnica y sacó una bolsita.

—Aquí hay veinte denarios. No es mucho, pero sí suficiente para pagar el hospedaje y la comida sin necesidad de ordeñar las cabras.

—La oferta es tentadora. Dime qué debo hacer. Pero te advierto, en aras de la probidad, que ni Apio Pulcro ni el sumo sacerdote Anano escucharán una petición de clemencia por venir de mí.

—No has de pedir nada —dijo Jesús—. Sólo demostrar que mi padre no mató a ese hombre.

—Vaya, ¿y cómo lo haré?

—Descubriendo al verdadero culpable.

—Imposible. Lo desconozco todo sobre la ciudad y sus habitantes. No sabría por dónde empezar.

—No hay elección. Ningún nazareno moverá un dedo por mi padre si eso supone enfrentarse al Sanedrín. Tu caso es distinto: eres romano y asimismo un hombre sabio. Algo se te ocurrirá.

—No te engañes. En verdad me he esforzado siempre por alcanzar la sabiduría, pero ni mis atributos naturales, ni mi empeño, ni la suerte me han conducido a nada. Sólo tienes que verme.

—Yo confío en ti —dijo Jesús—. Además, puedo ayudarte en tus investigaciones.

—Buena ayuda vas a ser tú, por Hércules —exclamé alargando la mano hacia la bolsa del dinero.

Antes de que pudiera hacerme con ella, Jesús la volvió a guardar entre los pliegues de su túnica y dijo:

—Cuando hayas hecho tu trabajo recibirás la paga.

Asentí a regañadientes, me puse en pie, arrojé el escabel contra una cabra, cogí de la mano al niño y juntos salimos a la calle.

—Llévame a tu casa —le dije—. Lo primero que haremos será hablar con tu padre.

De camino le pregunto cómo ha sabido de mi existencia y responde que Nazaret es una ciudad pequeña, donde las noticias y los rumores se difunden a gran velocidad, y que desde la víspera se habla de un romano que ha enfermado buscando unas aguas milagrosas y ahora va por las calles tirándose pedos. Unos dicen que soy un hombre sabio y me llamaban *rabí* o *raboni*, que en su lengua significa «maestro». Otros me llaman simplemente imbécil.

—¿Y tú? —le pregunté—, ¿qué piensas?

—Yo —dijo Jesús— pienso que eres un hombre justo.

—En esto te equivocas. Yo no creo en la justicia. La justicia es un concepto platónico. No sé si me entiendes: una idea, nada más. Por otra parte, aunque no oculto mi inclinación por la filosofía, sólo soy un estudioso de las leyes de la Naturaleza, lo que Aristóteles denomina con propiedad un fisiólogo. Y si algo he aprendido es esto: que la Naturaleza no es justa ni la justicia es parte del orden natural. En el orden natural, al que pertenecemos todos, el animal más fuerte se come al más débil. Por ejemplo, un león, si tiene hambre, se come un ciervo o un ave estruz, y nadie se lo reprocha. Luego, al envejecer, el león pierde sus fuerzas y los ciervos o las aves estruces se lo podrían comer si quisieran. De este modo restablecerían la justicia, pero, ¿acaso lo hacen?

—No —dijo Jesús—, porque son herbívoros.

—Pues ahí lo tienes. No hay justicia en el orden natural. Ni en el sobrenatural. También los dioses se comen los unos a los otros. No con frecuencia, bien es verdad. Que yo sepa, sólo Saturno se come o se comió a sus hijos. Pero ya ves que ni siquiera los dioses se libran de la desigualdad. Claro que vosotros no creéis en los dioses. Pero lo del león vale igual para creyentes y no creyentes. ¿Lo has entendido?

—No, *raboni.*

—No importa. Ya lo entenderás. Y no me llames *raboni.*

Entretenidos en esta plática llegamos ante una casa sencilla, en todo semejante a las demás, salvo por la presencia de dos guardias del Sanedrín, apostados ante la puerta, y por el ruido de sierra que indicaba ser aquél el taller de un carpintero. Jesús abrió la puerta y me invitó a pasar.

En la fresca penumbra interior distinguí a un hombre de cierta edad, calvo y con barba, que se afanaba en aserrar un tablón, y a su esposa, bastante más joven, que barría hacendosamente las virutas para mantener la pulcritud del hogar. Al verme, el hombre interrumpió su trabajo y exclamó secamente:

—No se admiten encargos.

—No he venido a encargar ningún mueble —respondí—, sino a ayudarte. Tu hijo Jesús ha contratado mis servicios para esclarecer tu inocencia, de modo que, para empezar, me gustaría hacerte unas preguntas. Dime la verdad, José, ¿mataste tú a ese hombre?

—No —repuso dejando la sierra en el suelo y enjugándose la calva con la manga de su humilde túnica—. Dios dijo: no matarás, y yo cumplo fielmente la voluntad de Dios. De natural soy poco dado a la violencia. Una vez dudé de la honestidad de mi esposa y estuve a punto de zurrarla. Por suerte no lo hice y todo se aclaró satisfactoriamente. Desde entonces me comporto con ejemplar mansedumbre.

—Pero, según dicen, el difunto y tú tuvisteis una discusión y tú le amenazaste.

—La gente dice muchas falsedades acerca de mí y de mi familia. Es cierto que en una ocasión reciente tuve con el difunto un breve diálogo, en el transcurso del cual ambos expusimos opiniones divergentes. Al final, sin embargo, nos separamos en paz. No nos dimos ósculos porque además de manso soy casto, pero no había rencor entre nosotros.

—¿De dónde procede, entonces, la calumnia? Esto es lo primero que debemos averiguar.

—No sé cómo.

—Preguntando.

—No servirá de nada. Nadie responderá a tus preguntas, y quien responda no dirá la verdad.

En aquel momento intervino la esposa diciendo:

—No seas tan negativo, José.

El carpintero le dirigió una mirada cargada de estoicismo.

—Mujer, ¿por qué dices esto? Tú bien sabes que debo callar.

—¿Qué debes callar? —pregunté—. ¿Acaso es algo referente a tu discusión con el muerto?

—Es algo —dijo José— que debo callar, y con esto está todo dicho. No insistas, te lo ruego.

—Pues si tú no me ayudas, yo poco puedo hacer —dije con impaciencia.

—Hágase, en tal caso, la voluntad de Dios —dijo el carpintero.

—¿De qué dios estás hablando? —aduje impacientado por su abúlico fatalismo—. Vosotros tenéis un dios. Nosotros, en cambio, tenemos muchos, y si se cumpliera su voluntad nos pasaríamos la vida fornicando. Haz a un lado la desconfianza, José, oye la voz de tu mujer y de tu hijo y no mezcles a ningún dios en este asunto. Es tu vida la que está en juego, no la de Dios. En cuanto a su voluntad, ¿cómo la conoceremos, si él mismo no se digna revelarla? A lo mejor Yahvé quiere que te salves por medio de mi intervención.

Mis ponderados argumentos parecieron hacer mella en su determinación. Abrió la boca como disponiéndose a decir algo importante. Luego se detuvo, miró a su mujer, se encogió de hombros y volvió a sus ocupaciones. La mujer nos acompañó a la puerta. Ya en el exterior se dirigió a mí con estas palabras:

—No te sientas ofendido por mi marido ni atribuyas su actitud al hecho de ser tú romano. Nosotros respetamos a todo el mundo, pagamos religiosamente los tributos a las dos administraciones, guardamos las fiestas y vamos todos los años a Jerusalén por la Pascua. Si se obstina en no romper su silencio, es porque tiene razones poderosas para ello, y no seré yo quien le lleve la contraria.

Y con una modesta inclinación, vuelve a entrar y cierra la puerta dejándonos en la calle a mí y a Jesús.

—Bien —digo—, tú mismo has visto la inutilidad de mis esfuerzos. Si el principal interesado en que resplandezca la verdad es quien con más decisión la oculta, yo nada puedo hacer. Dame el dinero y dejemos las cosas como están.

—De ningún modo —dice Jesús—. Aún no has cumplido tu parte del acuerdo. Yo te contraté para descubrir al verdadero culpable y hasta que no lo descubras el contrato sigue vigente.

Como la calle estaba concurrida, no me atreví a darle dos bofetones y arrebatarle lo que en justicia me había ganado. Reflexioné y dije:

—De acuerdo. Tampoco tengo nada mejor en qué ocupar mi tiempo. Haré alguna averiguación adicional. Lo primero es saber de dónde proceden las falsas acusaciones, si en verdad son falsas, y cuál es la causa última de la difamación. También convendría saber algo más del asesinato propiamente dicho. El tiempo apremia: el sol ya está cerca del mediodía y al crepúsculo se cumplirá la sentencia. Dividamos nuestras fuerzas para doblar su eficacia. Yo trataré de saber el origen de las calumnias. Tú averigua cuanto puedas acerca del muerto: sus actividades, el origen de su fortuna, sus parientes y sus siervos, en especial los libertos. También cuanto se refiere a sus amigos y a sus enemigos. Cuando sepas algo, ven a buscarme. No sé dónde estaré, pero si tanta curiosidad despierto entre el vulgo, no te costará dar conmigo. Ah, y una cosa más antes de separarnos: si nuestros trabajos no llegan a buen fin y tu padre es ejecutado, yo cobro igual.

—Trato hecho, *raboni* —dijo Jesús.

CAPÍTULO V

Como en la mayoría de las ciudades, en ésta, Fabio, el Templo está edificado sobre una sólida colina. Es un edificio de grandes dimensiones, pues además de estar destinado al culto y a sus sacerdotes, hace las veces de ciudadela y alberga la guarnición judía. Allí también tienen su sede el Sanedrín y la oficina de recaudación de impuestos, y allí se guardan los archivos y registros y el tesoro público. Lo rodea un muro de trescientos codos y sólo tiene una puerta de acceso, lo que lo hace prácticamente inexpugnable, salvo para quien disponga de grandes máquinas de guerra. La parte más importante del Templo es el atrio, donde se encuentra el altar de los sacrificios, que se celebran a diario. En tiempo de paz las puertas del Templo están abiertas desde el amanecer hasta el crepúsculo. Ahora están abiertas.

Al guardia que me salió al paso le dije que quería ver a Apio Pulcro o, en su defecto, al sumo sacerdote Anano. El tribuno había salido, pero el Sumo Sacerdote se avino a recibirme al término de las ceremonias matutinas. El olor a carne asada, de la que en aquel momento debía de estar dando buena cuenta la clase sacerdotal, invadía el recinto.

Al cabo de poco Anano me hace pasar a un cuarto donde se cambia la túnica de lino empapada de la sangre del novillo recién inmolado a Yahvé por ropa limpia de paisano. A mis preguntas responde en términos comedidos, pero sin reserva. Del acusado dice saber poco y aun eso de oídas. Que se llama José, hijo de Simón, y que, según algunos, se atribuye orígenes ilustres.

—Nada menos que descendiente de la casa de David —dice con sorna el Sumo Sacerdote—. Como si un romano se vanagloriase de descender de Eneas, o de la loba capitolina: una locura.

Aparte de esta presunción, nada hay reprochable en la actitud ni en la conducta del carpintero: cumplidor de las leyes, exacto en el pago de ofrendas y tributos, artesano competente, puntual en las entregas, razonable en los precios, discreto, esquivo de trato, seguramente estulto.

—Si bien —agregó el venerable anciano bajando la voz— en su pasado no faltan algunos episodios oscuros.

—¿Puedes ofrecerme, Anano, una muestra de estas irregularidades, si las conoces o han llegado a tus oídos?

—¡El Señor es mi pastor! —exclama el Sumo Sacerdote elevando al cielo las manos todavía manchadas de sangre—. Él me impedirá hacerme eco de la maledicencia ajena. Por otra parte, yo no frecuento los mercados ni las tabernas ni otros lugares donde circulan las habladurías. Pero, como es lógico, no pude evitar en su día que llegara a mis oídos un persistente rumor según el cual José, viudo y ya de cierta edad, contrajo esponsales con una doncella muy joven, de nombre María, la cual en breve presentó signos inequívocos de estar encinta, y aunque acerca de estos asuntos sólo conocen la verdad los interesados y, por supuesto, Yahvé en su divina omnisciencia, no faltó quien atribuyera el suceso a otros agentes. De haberse confirmado esta suposición, habría constituido un acto grave, castigado según la ley mosaica con la muerte por lapidación, pero ni el propio interesado hizo nada al respecto, ni las circunstancias permitieron que el misterio se dilucidara por sí solo.

—Dime cómo sucedió tal cosa.

—En aquel tiempo —dijo el Sumo Sacerdote— el gobernador Quirino ordenó hacer un censo de la población de Palestina. Con este pretexto José dijo que se iba a empadronar a Belén, de donde procedía, y se llevó consigo a María, pese a estar ya próximo el alumbramiento. Pasaron los días y ni José ni María ni su hijo regresaron a Nazaret. Gente que vino de Belén y a la que se interrogó al respecto dijeron que no los habían visto. Tal vez no encontraron posada y hubieron de hospedarse en otro lugar. Los días se convirtieron en meses y éstos en años, y la familia de José no regresó.

—Probablemente se habían mudado a otra población para huir de las murmuraciones —digo yo.

—Es posible, pero si fue como dices, obraron de un modo improvidente, porque dejaron aquí sus pertenencias, salvo las necesarias para un corto viaje, así como el taller de carpintería con todas las herramientas. Un tal Zacarías, esposo de Isabel, prima de María, tomó a su cargo la conservación de la casa, como si confiara en el regreso de sus parientes o supiera algo al respecto. Sea como fuere, transcurridos tres años de su marcha regresaron, trayendo consigo al niño, al que habían puesto por nombre Jesús.

—¿Y no dieron explicación alguna de tan larga ausencia?

—No que yo sepa. Reabrieron la casa y la carpintería y continuaron haciendo la vida ordinaria, como si nunca se hubieran ausentado. Naturalmente, arreciaron los comentarios y las conjeturas, pero el tiempo fue haciendo su labor y al cabo de los años todo el mundo había olvidado este suceso, raro pero irrelevante.

—Y desde entonces, ¿a ningún otro rumor ha dado pábulo la conducta de José y su familia?

—No, salvo que consideres dar pábulo a rumores asesinar a un probo ciudadano y ser ejecutado por esta causa cuando se ponga el sol.

—¿No hay, por tanto, Anano, duda de su autoría?

—Ninguna —dijo el Sumo Sacerdote—. El Sanedrín examinó los hechos, encontró las pruebas concluyentes y dictó sentencia por unanimidad.

—¿Y puedo acaso conocer yo la naturaleza de tales pruebas?

—Considera únicamente este hecho: en toda la ciudad, sólo José, por ser carpintero y trabajar para Epulón, tenía acceso a la morada y a los aposentos del difunto. Y al ser detenido se halló en su poder una llave de la casa. Y ahora, he de dejarte, pues me requieren otros asuntos apremiantes.

Le agradecí su amable cooperación y abandoné el Templo. En la calle, a pleno sol, me esperaba Jesús, presa de gran agitación. Por un primo suyo había sabido que la familia del muerto permanecía encerrada en casa cumpliendo el duelo, pero que un siervo de origen griego no se sentía obligado por el ceremonial levítico y seguía acudiendo todos los día a esa misma hora a los baños públicos. Era una oportunidad que no podíamos desaprovechar.

En pos de Jesús troté por las calles de Nazaret hasta llegar a unos baños en todo idénticos a los que se encuentran en cualquier localidad del Imperio, aunque más pequeños, porque los judíos, reacios a adoptar costumbres foráneas, no los frecuentan. De camino aproveché para interrogar a mi acompañante acerca de lo que me había contado el Sumo Sacerdote sobre la desaparición de su familia, pero Jesús, que era recién nacido cuando se produjeron los hechos, no guardaba recuerdo alguno del episodio y nunca había oído a sus padres mencionar la razón de su ausencia ni el motivo del regreso, por lo que no pudo despejar la incógnita.

Al llegar frente a las termas nos sale al paso un pillete harapiento, algo mayor que Jesús, de facciones toscas y mirada febril. Jesús me dice que es su primo Juan, hijo del mismo Zacarías que veló por el patrimonio de José durante la ausencia de la familia. Juan, con modales rudos, nos dice que el sujeto que buscamos ha llegado hace poco y que lo reconoceremos sin dificultad, pues en aquel momento nadie más está haciendo uso de las instalaciones.

Digo a Jesús que me aguarde allí, pero él se niega.

—Está bien —digo—, tú tienes la bolsa, tú decides. Pero no digas ni hagas nada y déjame actuar a mí. Yo sé cómo hablar con un griego.

Pagamos la entrada y en el *apodyterium* dejamos nuestras ropas, nos envolvimos en sendos lienzos y pasamos a la sala contigua por una puerta baja y estrecha.

A través del denso vaho del *caldarium* distinguimos la silueta de un hombre solo, sentado en un banco. Nos sentamos a su lado sin decir nada. Para entonces mis ojos se habían acostumbrado a la penumbra y advertí que el desconocido era un efebo apenas cubierto por un sucinto trapo que dejaba entrever sus delicados atributos, con un cuerpo de tan atlética complexión y un rostro de tal belleza, que olvidé por completo el motivo de nuestra presencia en aquel lugar. Ni el más mínimo bozo cubría sus tiernas mejillas y llevaba una larga cabellera envuelta en una trenza. Al cabo de un rato, recuperado de mi éxtasis, me dirigí al efebo y le dije:

—¿No eres tú, oh distinguido joven, uno que llaman Aureliano?

—Te confundes, quienquiera que seas —respondió él clavando en mí sus ojos penetrantes—, porque mi nombre es Filipo.

—Ah, entonces, ¿serás acaso el famoso Filipo que habita en casa del otrora rico y ahora difunto Epulón, varón intachable?

—Ése soy —repuso.

—En tal caso, tendrás conocimiento del nefando suceso que llevó a Epulón, a través del río de los Llantos, al lugar del que nadie ha regresado.

—Salvo Orfeo —dice Filipo.

—Bueno, sí.

—Y también Ulises, el hábil varón que en su largo extravío visitó el lugar donde moran los muertos. Y Alcestis, a quien Heracles rescató de la morada de Hades.

—Es verdad —hube de admitir—, a ninguna regla le faltan excepciones. Pero no nos desviemos del objeto de mi curiosidad, y si, como dices, algo sabes acerca de la cuestión, tal vez nos puedas informar respecto de ella y de cuanto guarda relación con la misma.

—Con gusto lo haría —dijo Filipo—, si hubiera entendido la pregunta.

—Que qué pasó —dijo Jesús.

Le di un coscorrón y pedí disculpas a Filipo por la intromisión, a lo cual él, mostrando en una sonrisa seductora su dentadura blanca y regular, replicó:

—Nada hay de malo en una pregunta directa, si no esconde malicia. Mas dime, ¿quién es este niño tan gentil y avispado?

—Es mi hijo adoptivo —me apresuré a decir— y se llama Tito. Mi nombre es Pomponio Flato, y soy ciudadano romano, del orden ecuestre.

—Ah, sí, ya he oído hablar de ti —dijo el efebo con lacerante sonrisa—. Sé que llegaste ayer a Nazaret en compañía del tribuno Apio Pulcro, pero no sabía que te acompañaba un niño. Ambas cosas, de todos modos, a mí no me conciernen. En cuanto a vuestro interés por el asesinato del rico Epulón, estoy en condición de satisfacerlo plenamente, ya que viví tan de cerca el suceso que no lo olvidaría aunque viviera tantos años como el infortunado Titonio, al cual, por el amor de Eos, diosa de la Aurora, Zeus concedió la inmortalidad, mas habiendo ella olvidado pedir también para su amado el don de la eterna juventud, fue envejeciendo hasta acabar convertido en una verdadera ruina. A diferencia de Endimión, de quien se enamoró la Luna y lo mantuvo dormido pero eternamente joven.

—Sí, sí, pero no seas didáctico sino apodíctico y háblanos del tema que nos ocupa, te lo ruego.

El locuaz efebo hace una pausa para enjabonarse con delicado esmero la entrepierna y luego inicia su relato de este modo:

—Debéis saber, ilustres forasteros, que aunque vivo

aquí, soy griego de nacimiento. Hace unos años, hallándome en Corinto, conocí al rico Epulón, el cual me tomó a su servicio. Pronto me convertí en su hombre de confianza, o lo que en Roma llamáis *maior domus*. En calidad de tal le seguí cuando él y su familia vinieron a establecerse en Nazaret. Durante todo el tiempo en que estuve con él le serví fielmente y él recompensó mi devoción con abundantes obsequios materiales y, lo que para mí tiene más valor, con el afecto de un verdadero *paterfamilias*. Fácilmente podéis deducir de mis palabras la turbación que me ha causado su muerte. Y no debe extrañaros que en estas circunstancias frecuente las termas, pues lo hago para huir de un lugar donde he vivido rodeado de comodidad y estima y donde ahora, repentinamente, me siento tan triste y abandonado.

Se zarandeó el prepucio con la esponja y prosiguió diciendo:

—La mañana del día de autos fui a reunirme con mi amo a la hora nona. Mi amo era madrugador, y la Aurora temprana de rosados dedos lo encontraba siempre en la biblioteca, enfrascado en el estudio de algún documento atinente a sus negocios.

—¿Puedo preguntarte la naturaleza de estos negocios? —dije yo.

—Más tarde. Ahora prefiero no interrumpir mi relato pues aborrezco las digresiones impertinentes. Como iba diciendo, aquella mañana me encaminaba al aposento de mi amo, el rico Epulón, cuando vi venir en dirección opuesta al sumo sacerdote Anano, el cual, en tono enojado, me dijo haber sido convocado por Epulón a una hora tan temprana y haber acudido a su llamamiento en vano, pues había estado golpeando con insistencia la puerta de la biblioteca sin obtener respuesta.

—¿Mencionó Anano la razón de esta cita extemporánea?

—No lo hizo. Seguramente se trataba de algún asunto relacionado con el Templo, al que Epulón hacía a menudo generosas dádivas. Por este motivo, y también por amistad personal entre ambos, el Sumo Sacerdote frecuentaba la casa, y siendo Anano igualmente madrugador, muchas veces se entrevistaba con mi amo al despuntar el día, antes de ser absorbidos por sus respectivas obligaciones. Lo único insólito en esta ocasión era el comportamiento de Epulón. Extrañado y un punto alarmado, rogué al Sumo Sacerdote que viniera conmigo, repetí con insistencia la llamada y, finalmente, sospechando alguna desgracia, convoqué a dos criados y entre los tres conseguimos abrir la puerta cerrada por dentro. En la biblioteca reinaba la oscuridad, porque los batientes de la ventana también estaban cerrados. Aun así, la luz que se filtraba por el vano de la puerta permitía ver un cuerpo exánime en el suelo del aposento sobre un charco de sangre. Entramos y al aproximarnos al cuerpo pudimos comprobar que se trataba de mi amo, el rico Epulón. Junto al cadáver estaba el arma homicida, a saber, un afilado escoplo de los que se sirven los carpinteros para practicar orificios en la madera. También había virutas esparcidas por todo el aposento.

—Así pues, no hay duda de que su muerte se debió a la intervención de un tercero ni hay que forzar el intelecto para reconstruir lo sucedido. Alguien sorprendió a Epulón a solas en la biblioteca y le dio muerte, tras lo cual se marchó, cuidando de cerrar la ventana y la puerta. Supongo que no se encontró la llave en el interior de la biblioteca, pues, de ser así, nos enfrentaríamos a un caso extraño, aunque no inaudito. Cicerón menciona uno similar, al que llama *Occisus in bibliotheca cum porta conclusa*. Un enigma en apariencia insoluble.

—Dices bien, Pomponio. Una vez repuestos de la sorpresa, el Sumo Sacerdote y yo recorrimos todos los rincones de la biblioteca en busca de algún indicio que nos condujera al culpable, y por más que buscamos no encontramos la llave. De este hecho dedujimos que el asesino cerró la puerta por fuera y se llevó la llave consigo.

—Es una deducción correcta, pero no aclara la causa de este acto, si en verdad fue deliberado.

—Tal vez clausuró la pieza para evitar que Epulón reviviera y pudiera gritar pidiendo auxilio, o tal vez obró de un modo inconsciente, pues toda acción criminal produce una gran alteración en el ánimo de quien la comete. Por último, pudo hacerlo para ganar tiempo.

—Ésta es una buena razón, pero no cuadra con el presunto culpable, el cual, según me ha sido dicho, fue aprehendido al día siguiente en su taller, entregado a sus quehaceres habituales. Si José es, como afirman, el homicida, no cerró con la intención de ganar tiempo para huir de la ciudad. O lo hizo por otra causa, o fue otra la persona que cometió el crimen. Tampoco hemos de descartar que el asesino cerrara la puerta por dentro y huyera por la ventana.

Filipo se embadurnó con aceites aromáticos la dorada epidermis y objetó:

—La ventana es demasiado angosta para permitir el paso de un hombre adulto. Teofrasto, en su magna obra, menciona la existencia de hombres cuya estatura no rebasa los dos pies, pero yo me inclino a descartar la posibilidad de que a mi amo lo matara un monstruo de esta naturaleza. Además, como ya te he dicho, la ventana estaba cerrada igualmente desde dentro.

—Una nueva incógnita. La medida aún reportaría menor beneficio al culpable que la de cerrar la puerta. Quizá el propio Epulón la cerró antes de ser atacado.

—En verdad, Pomponio, nunca sabremos con certeza lo que sucedió, ni siquiera oyendo el relato del propio culpable. En cuanto a la ventana, Epulón solía dejarla abierta cuando trabajaba, en parte para que el plácido céfiro mitigara el calor del aposento, en parte para contemplar la hora sublime en que la Aurora despliega su rosado manto.

Me volví a Jesús, extrañado por su prolongado silencio, y advertí que a causa del calor y el vaho estaba pálido, arrugado y casi inconsciente. Me disculpé ante Filipo, lo tomé en brazos y lo saqué del *caldarium* con gran prisa.

CAPÍTULO VI

En cuanto hubo recuperado Jesús tanto la lozanía infantil como las facultades cognitivas, entramos de nuevo en el *caldarium* a fin de proseguir el diálogo con Filipo, mas el lugar estaba vacío, y de la presencia del efebo sólo quedaban el breve paño y la manopla. Como el *caldarium* no tenía salida sino por la antecámara de donde procedíamos, inferí que el untuoso griego se había escurrido a mis espaldas mientras yo estaba ocupado reanimando a Jesús. Visto lo cual nos vestimos apresuradamente y ganamos la calle, a la sazón desierta.

—Si tu rústico primo se hubiera quedado de guardia —me quejé—, ahora sabríamos si Filipo ha abandonado verdaderamente las termas, cuándo y cómo, y si su actitud era la de un ciudadano virtuoso o, por el contrario, la de un transgresor.

—¿Tú crees que nos ha estado tomando el pelo? —preguntó Jesús.

—En principio, no tiene motivo alguno para mentir. A ti no te conoce y mi habilidad oratoria no le ha permitido percibir la intencionalidad de las preguntas. Aun así, nada es seguro: los griegos son de natural falaces.

—Entonces, ¿estamos como al principio?

—No. Nadie miente del todo, y aun si lo hace, toda mentira contiene un elemento de verdad. O su contrario.

—No lo entiendo, *raboni* —dijo Jesús.

—Lo mismo da. ¿Sabrías ir desde aquí a la villa del rico Epulón?

—Está en el extrarradio, pero recuerdo haberla visto y te puedo guiar.

—Pues vamos allá sin perder un instante. Quiero examinar el lugar de los hechos. Y si en el camino encontramos una tienda de comestibles, cómprame algo o la debilidad me impedirá rematar con éxito el trabajo.

—A estas horas está todo cerrado —respondió Jesús—. Más tarde iremos a casa y mi madre te preparará unas frituras. Las hace buenísimas.

Con esta tenue esperanza emprendimos el arduo camino a pleno sol. Las calles estaban desiertas y las casas cerradas a cal y canto, bien para protegerse del calor, bien para preservar de intromisiones la intimidad de los hogares. En este áspero ambiente anduvimos largo rato. Nazaret es una ciudad populosa, de unos diez mil habitantes, si mis cálculos no fallan, y su extensión es considerable, pues todas las casas son de una planta, por lo general de adobe enjalbegado, con estrechas aberturas a modo de ventana. Por otra parte, su trazado es incomprensible, las calles estrechas, sinuosas y dispuestas del modo más arbitrario. En vano el viajero buscará aquí el cardo y el decumano, por no hablar del foro, el anfiteatro u otro punto de referencia. Por fortuna, tampoco existe el perímetro amurallado propio de nuestras urbes, pues la ciudad carece de interés estratégico respecto de los enemigos exteriores y en previsión de una revuelta interna conviene que carezca de protección, a fin de poder tomarla, si conviene, sin necesidad de asedio, y pasar por las armas a sus habitantes, mientras las autoridades locales, la tropa y los ciudadanos leales se refugian en el Templo.

Cuando, tras una extenuante caminata dejamos atrás las últimas casas de la ciudad y nos adentramos por un sendero solitario y polvoriento, que discurría entre olivos y campos de labor, Jesús, que había permanecido silencioso hasta entonces, me preguntó:

—*Raboni,* ¿por qué le has dicho a Filipo que soy tu hijo adoptivo?

—Porque de este modo te conviertes en ciudadano romano. Y del orden ecuestre, nada menos.

—Yo no quiero ser ciudadano romano —dijo Jesús—. Además, ya tengo un padre. Y otro putativo. No me hace falta un tercero. Y por añadidura, decir mentiras es ofender a Dios.

—Mira, Jesús —le expliqué—, a veces, para realizar un proyecto o cumplir una misión, uno se ve obligado a ocultar su verdadera identidad y a utilizar un nombre y una apariencia ficticias. Los dioses del Olimpo, sin ir más lejos, cuando han de dar consejos o hacer advertencias a los mortales o entablar contacto con ellos por cualquier otra causa, adoptan formas humanas, cuando no de animales u objetos, y de este modo consiguen sus propósitos, no siempre educativos, sin llamar la atención. Sobre estas metamorfosis, como las llamamos, un poeta romano ha publicado hace poco un libro entero. Y si está permitido a los dioses, que no lo necesitan, recurrir a este ardid, también ha de estar permitido a un niño judío indefenso acogerse al poderoso amparo del Imperio.

Jesús se queda un rato pensativo y luego pregunta de nuevo:

—Y ese Orfeo al que se refirió Filipo en las termas, ¿quién era?

—Un hombre que descendió al reino de los muertos para recobrar a la mujer que amaba.

—Oh, ¿y lo consiguió?

—A medias. Primero la recobró y luego la volvió a perder por no cumplir las condiciones... Bah, dejémoslo estar, sólo es una fábula. Un mito. En definitiva, una mentira, pero no como la nuestra, que está justificada por las circunstancias, sino una mentira insustancial, inventada por los poetas para entretener a la plebe. Un filósofo no debe prestarles atención. Ni tú tampoco.

Distraídos con esta plática, llegamos ante un muro de piedra como de cuatro codos, que rodea la finca del rico Epulón e impide vislumbrar lo que hay al otro lado.

—Quienquiera que haya penetrado en la villa —dije—, por fuerza ha de haber empleado una escala.

—O la puerta —dijo Jesús.

—Es verdad. Vamos a buscarla.

Fuimos circundando el muro hasta dar con una cancela de gruesos barrotes de bronce, a través de los cuales se veía un ameno jardín y una casa grande, de mármol blanco, semejante a una villa romana, con columnas de fuste grácil y capitel corintio. Atada a la parte superior de la cancela había una rama de ciprés, con la que se señalaba la condición de *casa funesta* a consecuencia del duelo. Por ninguna parte se advertía presencia humana ni nada que impidiera entrar, salvo una lápida incrustada en un pilar de la cancela en la que podía leerse: *cave canem*, en latín, en arameo, en caldeo y en griego.

—Debe de ser un perro de cuidado para merecer un aviso tan pleonástico —dije—. Por si acaso, tratemos de obtener el máximo de información antes de dar a conocer nuestra presencia y arriesgarnos a una recepción adversa. Tratemos de ver desde fuera la ventana de la biblioteca.

—¿Cómo sabremos cuál es sin conocer la distribución de las habitaciones? —preguntó Jesús.

—Filipo dijo que la Aurora temprana siempre sorprendía al rico Epulón trabajando en la biblioteca, ergo, la biblioteca ha de estar orientada al este.

Rodeamos de nuevo el muro hasta llegar al lugar donde debía de estar la ventana, si bien allí la altura del muro tampoco permitía verificar la certeza de mi suposición.

—Súbete a mis hombros —le digo al niño— y dime lo que ves.

Hace Jesús como le indico, pero ni así sobrepasa con los ojos la altura del muro, por cuanto me dice si puedo auparle un poco más y yo, como es liviano, lo agarro de los tobillos y lo voy izando hasta que puede encaramarse a la parte superior del muro. Entonces le pregunto si ve algo y responde:

—Ten paciencia. Las hojas de una higuera me obstaculizan la visión. Si consigo apartar esta rama podré...

De repente oigo un grito, un golpe y una débil voz que masculla:

—¡Maldita sea esta higuera! ¡Que nunca jamás brote fruto de ti!

—¡Por Júpiter! ¿Te has hecho daño?

—Unos rasguños y un desgarrón en la túnica. Pero sácame de aquí antes de que me encuentre el perro, *raboni.*

Deshice a la carrera el camino andado y, llegado a la cancela, me encaramé a la reja y empecé a proferir grandes gritos con el propósito de atraer la atención de algún sirviente o, en su defecto, la del perro.

El perro no acudió, pero sí una doncella que en talle y belleza igualaba a las diosas, la cual, desde una prudencial distancia, me preguntó con pudor y zozobra quién era y cuál era la causa de mi conducta desaforada.

—Nada temas, hermosa doncella de ruborosas mejillas —le digo—. Mi nombre es Pomponio Flato, ciudadano romano de noble ascendencia. Si ahora me ves así, harapiento y maltrecho, es porque el afán de conocer los secretos de la Naturaleza me ha traído a estas tierras, lejos de mi patria y de mi gente. Por buscar la sabiduría he corrido incontables peligros y he sufrido percances de salud, el último de los cuales podría manifestarse de súbito si continúo vociferando y dando tirones de la reja. Y ahora que ya sabes quién soy, responde a mi pregunta más urgente: ¿Dónde está el perro?

—¿Qué perro? —responde la doncella de ruborosas mejillas.

Sin bajar de los barrotes señalo la inequívoca admonición.

—Se murió hace un año. ¿Por qué te interesa tanto?

—Antes dime tú quién eres.

—Soy Berenice —responde la doncella de delicado porte—, hija del difunto Epulón. Como habrás podido inferir de mi túnica con mangas, soy virgen. Y que estoy de duelo, por las acciones que me dispongo a realizar.

Y diciendo esto, rasgó las mangas de la túnica dejando al descubierto sus cándidos brazos y se echó un puñado de ceniza sobre la cabeza. Algo sorprendido, dije:

—Ignorante de las costumbres de estas tierras, mal podría haber deducido de tu ropa y tu conducta tu identidad y tu condición. Háblame, sin embargo de todo ello, pues es sabido que a las personas golpeadas por la desgracia les sirve de consuelo explayarse con extraños sobre las causas de su congoja.

—Tal vez tengas razón: en verdad mi alma rebosa de pena que difícilmente puedo compartir con quienes se hallan en la misma situación, ya que con ellos sólo conseguiría aumentar mis sufrimientos y asimismo los de ellos. No obstante, me cuesta mostrar mi alma a un zarrapastroso colgado de la puerta.

—No siempre nos permite el destino elegir el confidente —repliqué.

—En mi caso es bien cierto —convino la afligida doncella de esbelta figura—. Celosos de mi virtud, mis progenitores me han tenido encerrada en casa desde antes de que mis ojos se abrieran al mundo, del cual lo ignoraba todo hasta hace dos días, en que el asesinato de mi venerado padre me ha mostrado la realidad en toda su crudeza. Por suerte el asesino ha sido aprehendido y en breve podré asistir a su ejecución. Éste será mi primer acto público, y estoy muy excitada, como es natural —concluyó con modestia.

—¿Cuándo viste a tu amado padre por última vez?

—Cuando estaba siendo embalsamado, pues, como sabes, a pesar del avance de las costumbres romanas, los judíos rechazamos la incineración.

—¿Podrías describir su estado físico? ¿Presentaba heridas o mutilaciones? ¿Advertiste cortes, rasguños, hematomas, mordiscos u otros signos de violencia? ¿Eran flexibles sus articulaciones o habían adquirido ya la rigidez propia de los cadáveres insepultos?

—En verdad nuestra conversación no parece producirme el alivio que me habías anunciado. Aun así, responderé a tus preguntas. Cuando vi el cadáver de mi padre, ya lo habían bañado, embalsamado con aloe y envuelto en el sudario unas santas mujeres que envió el Sumo Sacerdote. A mí sólo me dejaron añadir algunos toques ornamentales antes de que lo metieran en un bonito sarcófago de madera policromada. Luego se procedió de inmediato a la inhumación a causa del calor. Y, hablando de calor, no me parece acorde con las leyes de la hospitalidad tenerte bajo el sol y encaramado. Haré que abran la cancela para proseguir el diálogo con más comodidad a la sombra de los árboles del jardín. Y te lavaré los pies en un aguamanil y te ofreceré alimento y bebida.

Con gran gozo por mi parte, la gentil doncella, de ruborosa frente, se dirige al interior de la casa y regresa con un sirviente que abre la reja y se retira, dejándonos a solas en el jardín umbrío y perfumado. Todo parecía encaminado a buen fin, cuando vino el destino a cortar de súbito el curso de mis averiguaciones.

CAPÍTULO VII

Estaba hablando con la infeliz Berenice, de níveos brazos, cuando interrumpió sus explicaciones un airado rumor de voces procedente de la casa. De inmediato salió al jardín un mozo apuesto y bizarro, de alborotada cabellera, llevando a Jesús agarrado del pescuezo. Sorprendida y alarmada, preguntó Berenice, de sonrosadas mejillas, la causa del alboroto y la procedencia de aquella criatura desconocida, a lo que respondió el bizarro mozo en tono iracundo:

—¡Por la burra de Balaam! ¡Acabo de sorprender a este bribón impúber tratando de colarse en la casa por la ventana de la biblioteca! ¡Tiemblen los cielos! ¡Ahora me dispongo a ordenar a la servidumbre que le propine cien latigazos! ¡Maldición! ¡Yo mismo le aplicaría el escarmiento si la aflicción no me hubiera mermado el ánimo! ¡Ay, dolor, con lo que me gusta azotar a los niños y que los niños me azoten a mí!

—Este bizarro y conturbado mozo —dijo Berenice dirigiéndose a mí— es mi hermano Mateo, a quien el asesinato de nuestro venerado padre tiene muy abatido.

Yo no dije nada, porque dudaba sobre si debía rescatar al imprudente Jesús de las garras del furibundo mozo o si, abandonándolo a su merecida suerte, debía proseguir el diálogo. No tuve tiempo de despejar la disyuntiva, porque en aquel mismo instante, atraído probablemente por los gritos, acudió al jardín el hermoso y escurridizo Filipo, el cual, al ver a Jesús, exclama:

—¡Por Dionisos, si es mi amigo Tito!

—¡Por la burra de Balaam! ¿Acaso conoces, Filipo, a este insolente párvulo?

—Acabamos de bañarnos juntos —dice el untuoso griego. Y señalándome, añade—: Y también con su farragoso e impertinente padre.

Al oír esto montan en cólera por igual el joven Mateo y su hermana Berenice, y se ponen a reclamar a voces sendos látigos para desahogar aquélla con éstos en nosotros. Los contuvo Filipo alegando la improcedencia de atentar contra dos ciudadanos romanos. Ante este argumento se ensombreció el rostro de Mateo, que exclamó con voz sorda:

—¡Maldita sea mil veces la ocupación extranjera y quiera Yahvé enviarnos de una vez al Mesías que habrá de liberarnos!

Apenas había pronunciado este deseo, salió de la casa una mujer de noble porte, cubierta de la cabeza a los pies por un velo que no permitía discernir su edad ni su fisonomía, la cual, dirigiéndose al exaltado joven, le reprendió en estos términos:

—¿No puedes olvidar por un momento, oh Mateo, tu perseverante pensamiento y respetar el recogimiento propio de las circunstancias o, cuando menos, el desconsuelo de una viuda?

—¡Madre, te ruego que me disculpes —dijo el joven

Mateo con voz sorda—, pero estos dos individuos, romanos, para mayor escarnio, pretendían introducirse con engaños en nuestra casa y sonsacar a la inocente Berenice!

—¿Romanos? ¡Mentira! —retumba en aquel preciso momento una voz procedente de la sombra del atrio. Y en pos de estas palabras sale el sumo sacerdote Anano, agitando un puño, mesándose con la otra mano la barba enmarañada y diciendo—: ¡Conozco a este niño insoportable desde que llegó a Nazaret! Durante un tiempo acudió a la sinagoga a recibir instrucción, pero acabé expulsándolo por sus opiniones heréticas y su persistente insubordinación. ¡Ya entonces le auguré una carrera delictiva, y le vaticiné que acabaría sus días en la cárcel o incluso en la cruz, como su padre, que no es otro que José, el convicto asesino!

Al oír esto, el joven Mateo desenvaina una daga para agredirnos, pero la noble dama lo contiene con ademán imperioso.

—No infrinjamos las leyes de la hospitalidad —dice—, y respetemos el tiempo de duelo que fija la ley sin apartarnos de las ceremonias prescritas. Partid de inmediato, forasteros, y que nadie me vuelva a molestar: el Sumo Sacerdote y yo estamos ocupados en los asuntos que mi difunto esposo dejó pendientes.

—¿Acaso —exclama el fogoso Mateo— no soy yo el primogénito de mi padre? ¿No me incumbe a mí ocuparme de su hacienda?

—Antes —replica el Sumo Sacerdote— hemos de poner orden en sus bienes y negocios. Tu padre siempre confió en mí y me hizo prometer que si él llegaba a faltar, yo velaría por sus asuntos patrimoniales. No me propongo sustraer nada. Sólo regularizar la situación.

Refrena tu impaciencia, joven Mateo, y acata la voluntad del difunto. Tiempo tendrás de disfrutar las riquezas que él ganó con su esfuerzo para que vosotros las podáis dilapidar en antojos de chiquillo.

Antes de que el fogoso joven pudiera responder, dijo la noble dama dirigiéndose a Filipo:

—Acompáñanos, Filipo. Como mayordomo de mi marido, tu cooperación nos será de gran utilidad.

Sonrió con sarcasmo el taimado griego y se llenó de rubor el rostro de Mateo. Por un momento pareció que iba a dejarse llevar por la ira, pero seguramente nuestra presencia lo contuvo. Y dando media vuelta desapareció en el interior de la casa. Poco después le siguieron la dama, el sacerdote y el mayordomo, y volvimos a quedarnos a solas con Berenice, de pálida frente.

—Lamento que la travesura de un niño haya causado tanto trastorno —dije.

—No te disculpes —respondió—. Mi hermano está permanentemente irritado. Es su manera de ser. Entre él y mi padre siempre hubo altercados y enfrentamientos. A menudo mi padre amenazaba con desheredarlo.

—¿Llegó a hacerlo?

—Lo ignoro.

—¿A quién iría a parar su hacienda, si tu hermano hubiera sido excluido del testamento?

—También lo ignoro. Hasta tanto no tenga esposo que me conozca y me preñe, sólo me ocupo de orar y bordar tapetes de lino y púrpura auténtica para el Templo.

Y con estas dulces palabras nos conduce al exterior y cierra la verja a nuestras espaldas, dejándonos a Jesús y a mí en el polvo del camino.

—En mala hora se te ha ocurrido meterte por la

ventana —reprendí al niño—. Estaba a punto de obtener valiosa información.

—Lo siento —dijo Jesús—. Quise aprovechar el accidente del muro para despejar las dudas que tú mismo expresaste acerca de la ventana. Desde luego, es angosta. Tal vez yo podría penetrar por ella, aunque tengo la cabeza grande. Pero eso tampoco nos serviría de mucho, ¿verdad, *raboni*?

Antes de poderle responder hubimos de salir del sendero para dejar paso a dos hombres fornidos que corrían llevando una silla gestatoria, dentro de la cual iba el sumo sacerdote Anano en apariencia absorto en sus pensamientos. Seguimos andando y apenas habíamos recorrido veinte pasos, retumbaron a nuestras espaldas los cascos de un caballo y, sin darnos tiempo a salir del sendero, pasó al galope un jinete rozándonos las vestiduras. Pese a que la nube de polvo en que quedamos envueltos nos impidió ver las facciones del jinete, su silueta y su actitud correspondían al joven Mateo, fogoso huérfano. Todo parecía indicar agitación en la villa que acabábamos de abandonar, tal vez provocada por nuestra intromisión, pues nada me permitía colegir aún la naturaleza del conflicto ni había tiempo para ello, porque la tarde declinaba y el sol rojizo se dirigía presuroso a su morada, alargando las sombras. Proseguimos nuestro camino en silencio, embargados por la sensación de fracaso.

Llevábamos andados otros veinte estadios, cuando en una revuelta del sendero apareció, como si hubiera brotado de la tierra, un individuo enteco, contrahecho, harapiento y muy sucio, el cual, levantando un brazo esquelético y apuntando al cielo con dedo sarmentoso, gritó:

—¡Deteneos! ¡Si dais un paso más u ofrecéis resistencia, os tocaré y os contagiaré mis infecciones y dolencias!

Su aspecto era terrible y su amenaza habría paralizado a un héroe de la antigüedad, de modo que obedecimos. El niño Jesús se escondió detrás de mí, y yo, mostrando las palmas de las manos en prueba de mi inerme condición, le pregunté quién era y qué quería.

—Soy yo quien hace las preguntas —responde desabrido—. Pero os diré quién soy. Soy el pobre Lázaro, conocido en toda Galilea por mi pobreza y por mis innumerables y execrables llagas. Hasta hace dos días me alimentaba de las migajas que caían de la mesa del rico Epulón. Ahora, muerto éste, no sé si sus herederos mantendrán esta costumbre. Por eso vigilo la casa día y noche, y trato de averiguar las intenciones de los visitantes.

—En este sentido, Lázaro, nada debes temer —digo yo para tranquilizarle—. Aunque mi aspecto actual no sugiere opulencia, soy ciudadano romano, del orden ecuestre, fisiólogo de profesión y filósofo por inclinación, y estoy de paso. Este niño es mi hijo adoptivo.

—Para ser filósofo —gruñe el mendigo— mientes mal. Conozco a la criatura que se esconde detrás de ti. En algunas ocasiones, en compañía de su primo Juan y otros rufianes de la misma calaña, me han hecho burla y me han tirado piedras. He pedido a Yahvé que los despedazara un oso, pero ni ese don me ha concedido, alabado sea su Santo Nombre. Si la vista no me falla, es Jesús, hijo de José, el carpintero homicida.

—Es verdad —admití. Y para congraciarme con él añadí—: A pesar de tus afecciones, tienes buena vista y buen oído. Nada te pasa por alto, a buen seguro.

—En efecto —responde—. Soy indigente, escrofuloso, tullido y endemoniado, pero no tonto. Como me paso el día de puerta en puerta pidiendo caridad y recibiendo ultrajes, estoy al corriente de casi todo.

—En tal caso —digo—, podrás ayudarnos a descubrir quién mató realmente al rico Epulón, pues, si sabes tanto como dices, convendrás con nosotros en la inocencia de José el carpintero.

El pobre Lázaro se rascó reflexivamente unas pústulas y dijo:

—Podríais tener razón, aunque veo casi imposible que podáis demostrarlo. En cuanto a mí, no sé por qué habría de ayudaros.

—Primero, por lealtad a tu difunto benefactor, cuyo espíritu no encontrará descanso en el más allá si el verdadero asesino queda impune de su crimen. En segundo lugar, porque los herederos ciertamente agradecerán tu intervención y te obsequiarán con nuevas y suculentas migajas.

—De lo primero, no estoy convencido, y de lo segundo, tengo mis dudas. Discurre otro estímulo para mi cooperación.

—¡Por Hércules! Los desgraciados siempre pensáis que el mundo se mueve a vuestro alrededor. ¿Tan poco valor das a mis argumentos?

—En mi penosa condición, una moneda vale más que toda la virtud de los patriarcas. Por diez sestercios os cuento algo realmente sustancioso.

—Cuatro.

—Seis.

—Cinco y suelta esa información.

—Primero el numerario.

Con dedos trémulos sacó Jesús la bolsa, contó unas

monedas y se las tendió al mísero pedigüeño, el cual, cuando hubo comprobado su autenticidad y su valor, las guardó entre los repliegues de sus harapos y murmuró:

—No confiéis en las apariencias. Los hombres son malos. Las mujeres también. No todos ni todas. En distinguir estriba la dificultad. Uno parece bueno y no lo es; el de al lado, lo contrario. Con las mujeres pasa lo mismo, pero nos engañan más, alabado sea Dios, porque nos gustan. A mí como al que más, no os dejéis engañar por mi abyecta figura. Pero volviendo al asunto: el mundo es un nido de serpientes venenosas. Lo mejor es ser pobre y llagado. De este modo no se concita envidia ni se excita la codicia ajena. Claro que las mujeres tampoco me hacen mucho caso. Una cosa va por la otra. Tener riqueza y mujeres no sirve de nada si acabas apuñalado. Los últimos serán los primeros.

—¿No podrías ser más concreto? El tiempo no se detiene. ¿Qué hombre y qué mujer son malos? ¿La viuda de Epulón? ¿El Sumo Sacerdote?

—Malos. Muy malos. Él es un sepulcro blanqueado. Ella, una Jezabel.

—¿Tan malos como para mancharse las manos de sangre humana?

—Tanto no puedo afirmar. No hablo mal de nadie. Ni siquiera soy malpensado.

—¿Y el mayordomo?

—Filipo es falso. Malo, no lo sé. Mucha doblez, eso es seguro. ¿Traicionaría a su amo? Lo dudo. Le debe cuanto tiene, pero los griegos son violentos de natural. Razonables a ratos. Luego, de repente, les ciega la pasión y despedazan a sus propios hijos. Borrachos, corruptos y libidinosos. Amantes del dinero. Los varones gustan de mostrar en público sus partes pudendas.

—¿Y el hijo de Epulón? Parece un joven de mal carácter.

—Su padre lo trataba mal o él así lo creía. Alocado, despiadado. Cuando vivía el maldito perro, lo azuzaba contra mí. Una vez me lanzó una flecha. Por suerte no me dio. A veces es una ventaja estar en los huesos.

—Pues yo te los quebraré aunque me infectes si continúas diciendo generalidades. Hemos hecho un trato. Cumple tu parte o devuélvenos el dinero.

Diciendo esto tomo una rama caída del borde del sendero y la agito ante su desnarigado rostro. La bravata surte efecto, pues nadie se muestra más solícito de su integridad que quien carece de ella.

—No me hagas daño —suplica el pedigüeño—. No os he dicho más porque no sé nada más. Pero hay una persona que podría proporcionaros conocimientos útiles. La encontraréis en una casa situada en el camino de Jericó, según se sale por la tienda de Jonás el guitita, un poco apartada de la ciudad. No digáis que yo os he enviado ni reveléis a nadie este dato, pues si bien al rico Epulón nada puede causarle un perjuicio directo, su memoria podría resultar dañada si algunos secretos salieran a la luz. Partid ya, se acerca el ocaso y habréis de apresuraros.

Dejamos al pobre Lázaro entregado a sus imprecaciones y corrimos hacia el lugar donde, según Jesús, se encontraba la casa señalada.

—¿Nos dará tiempo? —preguntó.

—No lo sé, pero nada perdemos con intentarlo.

—Di, *raboni*, ¿por qué dijo Lázaro que los últimos serán los primeros?

—Porque es un imbécil. Y no me hagas hablar, porque estoy enfermo y sin comer, y a este ritmo, se me corta el resuello.

Buscando el camino de Jericó sufrimos dos breves extravíos, pues a causa de su corta edad el niño Jesús se desorientaba fácilmente y a mí no me pareció prudente recabar la ayuda de ningún viandante. Finalmente avistamos una casa cuya ubicación respondía a la descripción del pobre Lázaro y también a las suposiciones que yo mismo me había hecho acerca del lugar que buscábamos.

La casa estaba situada fuera del perímetro de la ciudad, pero no tan lejos que llegar a ella resultara trabajoso ni presentara en horas nocturnas más riesgo que las piedras del camino. Era una construcción humilde, de una planta, con paredes de adobe encaladas, ventanas pequeñas y una puerta baja. Sobre el dintel había unas pinturas del tercer estilo pompeyano, toscas pero no feas, que representaban pájaros, frutas y flores. En este detalle y otros similares se advertía la intervención de una mujer, cosa inusual, pues aquí, como en el resto del mundo, la mujer tiene a su cargo todas las tareas domésticas, pero nunca se le consulta en lo que concierne a la decoración. En esta ocasión, la casa adonde nos dirigimos, aun cuando obviamente había sido adornada para agradar a los hombres, revelaba unas inclinaciones femeninas que infundían tranquilidad y solaz al visitante.

Pregunto a Jesús si sabe quién vive allí y responde que no. Ha visto la casa en varias ocasiones, cuando sus correrías infantiles le han llevado por aquel rumbo, pero nunca le ha prestado atención ni sabe nada acerca de sus habitantes. Le pregunto si hay más casas como aquélla en Nazaret y responde que no lo sabe. Intrigado por mis preguntas, quiere saber la razón de mi curiosidad y le explico que, a juzgar por los indicios, aquélla debe de ser una casa de putas, o de una sola puta, dado lo exiguo del inmueble. Jesús me pregunta qué cosa es una puta y se lo cuento de un modo somero, pues nunca he creído conveniente ocultar a los niños unos conocimientos que acabarán obteniendo de boca de los esclavos, los mercaderes, la soldadesca y otras gentes rudas, o por experiencia propia, en cuyo caso es mejor que conozcan las tarifas vigentes.

CAPÍTULO VIII

Desatendiendo el primer deber de una buena hetaira, o sea, la disponibilidad, la nuestra no estaba en casa. Transcurrido un rato y como nadie respondía a nuestras llamadas persistentes, hubimos de reconocer el antagonismo de los hados hacia nuestros propósitos y renunciar una vez más a realizarlos. En el fondo, ya todo daba igual, porque en aquel momento el sol se acercaba a la línea del horizonte y cubría el firmamento de ruborosos tintes. Nos disponíamos, en consecuencia, a emprender el regreso a la ciudad, cuando oímos una débil voz que nos preguntaba quiénes éramos y qué queríamos.

Miramos hacia el lugar de donde provenía la voz y vimos venir a una niña de muy corta edad, sucia y descalza, de ojos grandes y desconfiados, que corría por el prado anejo a la casa seguida de un corderito. Cuando llega a donde estamos le pregunto si vive allí y responde que sí, y que su madre, a la que sin duda buscamos, ha ido a la ciudad, dejándola a ella a cargo de la casa, pero que ha desobedecido y se ha ausentado para llevar a pastar al corderito. Acto seguido nos invita a entrar y a esperar dentro, mientras ella va a buscar agua al pozo para nuestras abluciones.

—Gracias por tu hospitalidad —dice Jesús—, pero no vale la pena esperar. A estas horas mi padre ya debe de ir camino del suplicio.

Más por piedad que por convencimiento le digo:

—Del mismo modo que los dioses frustran nuestros deseos cuando creemos estar a punto de alcanzarlos, así otras veces nos sacan de apuros *in extremis* por la vía más inesperada. Haremos esto: tú te quedas aquí, con esta niña tan simpática y su corderito, mientras yo voy en busca de Apio Pulcro y trato de obtener un aplazamiento de la ejecución, siquiera por unas horas.

—¿Crees que atenderá a tus ruegos, *raboni*? —pregunta Jesús con un destello de esperanza en los ojos.

—Con toda certeza —mentí—. Los dos somos *equites* romanos, si sabes lo que es eso, y no me puede negar nada.

Sin darle tiempo a reflexionar sobre lo dudoso de esta afirmación, eché a correr nuevamente en dirección al Templo, al que llegué sin perderme, debido a su conspicua mole, pero al límite de mis fuerzas. En la puerta pregunté a los guardias si ya había salido la comitiva expiatoria.

—Nosotros no la hemos visto pasar —respondieron con un encogimiento de hombros y un fingido desdén—. Entra y pregunta a tus compatriotas los legionarios, pues sobre ellos, y no sobre nosotros los judíos, recae esta competencia.

En el patio había cuatro legionarios jugándose la modesta túnica de José a los dados. En un rincón, atado con una soga a una columna, estaba el reo, y apoyada en la pared una cruz de madera blanca rematada por un cartel donde se leía: IOSEPHUS INTERFECTOR. En el desbaste y ensamblaje de los tablones y en la caligrafía de la injuria se advertían la pulcritud y profesionalidad del artesano. Me acerco a él, me reconoce y me pregunta por qué no está conmigo su hijo Jesús. Le tranquilizo al respecto, diciéndole que lo he dejado muy bien acompañado en un lupanar.

—Me parece una buena idea —dice José—. Soy tolerante en grado sumo y cualquier cosa me parece preferible a que mi hijo presencie el espectáculo que estoy a punto de dar. A partir de ahora deberá ingeniárselas por su cuenta y cuanto antes aprenda cómo funciona este mundo, mejor le irá en él. Hasta ahora ha estado demasiado protegido y se ha acostumbrado a hacer siempre su voluntad. Y yo, entre el trabajo y otras razones que ahora no vienen a cuento, no me he ocupado de él como debiera desde que vino al mundo. No es que haya sido un mal padre, dadas las circunstancias. En el aspecto material, dejo las cosas bastante arregladas. He hablado con Zacarías e Isabel, parientes de mi mujer, y ellos se ocuparán de María y del niño cuando yo falte. Pueden obtener algún dinero traspasando el taller. Y estoy seguro de que Dios Padre y el Espíritu Santo les echarán una mano si hace falta.

Viéndole apesadumbrado, interrumpo estas lúgubres reflexiones diciendo:

—Todavía queda alguna esperanza de salvación. ¿Por qué no me cuentas la verdad?

—¿Y qué es la verdad? —responde José.

—Unas veces, lo contrario de la mentira; otras veces, lo contrario del silencio. Tú no mataste al rico Epulón, pero prefieres que recaiga sobre ti la condena y sobre tu familia la infamia antes que revelar lo que ocurrió entre vosotros. Estoy convencido de que ahí está la clave de todo el misterio.

—Lo lamento —dice José—, ya te he dicho que no puedo hablar.

—Ergo, reconoces que algo había entre el muerto y tú. Algo tan grave que puede justificar un homicidio, tanto si tú lo llevaste a cabo como si fue otra persona quien lo mató. Asumir las culpas ajenas no es una virtud ni beneficia a nadie, José. Cuando un inocente muere como un cordero sacrificial por la salvación de otro, el mundo no se vuelve mejor, y encima se malacostumbra. Atribuir al dolor propiedades terapéuticas es propio de culturas primitivas. ¿Por qué te has dejado incriminar si realmente eres inocente?

—Perdona que persista en mi silencio. Por otra parte, ¿de qué me serviría declararme inocente? Todo está en mi contra.

—Ahí llevas razón. ¿Cómo fue a parar el buril a la estancia del muerto y la llave de la biblioteca a tu escarcela?

—No lo sé. Epulón me llamó para pedirme que reparara la puerta de la biblioteca. Con este motivo fui a trabajar allí dos jornadas consecutivas. Es posible que dejara olvidado el buril.

—O que alguien se hiciera con él para culpabilizarte del asesinato. ¿Hiciste una copia de la llave?

—Naturalmente. Siempre que instalo una cerradura me ocupo de que haya al menos dos llaves. En este caso recuerdo habérselas entregado a Epulón al concluir el trabajo. O quizá a otra persona, no recuerdo. Tal vez…

La brusca entrada de Apio Pulcro en el patio interrumpió el diálogo. Los soldados abandonaron los dados, se pusieron en pie y empuñaron lanzas y escudos entre voces de mando y clamor de metales.

—Demasiado tarde —murmuró José—. Se ha cumplido la hora.

—No te rindas aún, José. Hablaré con el tribuno y lograré un aplazamiento.

—Ni tú mismo crees tus propias palabras. Para cambiar la decisión haría falta un milagro. ¿Tú crees en los milagros?

—No —respondí—, pero creo en el poder persuasivo de la lógica. Veamos si estoy en lo cierto y un razonamiento exacto puede cambiar el curso de los acontecimientos o si la retórica, por el contrario, es un puro juego del intelecto.

Me interpongo entre Apio Pulcro y el reo y le digo:

—Apio Pulcro, escucha este silogismo.

Él me aparta con mano firme y dice:

—Ahora no puedo perder el tiempo en bobadas. He de proceder a la ejecución. *Dura lex, sed lex*, como decíamos en Roma antes de la decadencia. ¿Dónde está el reo?

—Yo soy —dice José.

—Ya lo veo —dice Apio Pulcro secamente. Y luego, señalando la cruz, añade enfurecido—: ¡Cómo! ¿Acaso es esto lo que yo te encargué? ¡Vergüenza debería darte! ¡Dos tablones mal clavados! ¡Y el letrero! ¿No ha de ir también en hebreo, que es la lengua propia de esta provincia, para edificación de la población autóctona? Además, si mal no recuerdo, yo te ordené hacer una cruz vertical, no este modelo en aspa, que parece un espantapájaros. Maldito incompetente: esto es una afrenta al derecho romano. ¡Soldados, llevad a este infeliz de vuelta a su casa y no le dejéis salir hasta tener otra cruz digna de ser exhibida en el calvario! ¡La ejecución queda aplazada hasta nueva orden! Y tú, Pomponio, ¿qué me querías decir? Si es otra vez lo del dinero, mi disposición sigue siendo la misma.

Los soldados habían desatado a José y se lo llevaban con la cruz a cuestas, propinándole de vez en cuando algún latigazo.

—¿Realmente la cruz estaba tan mal? —le pregunto al tribuno cuando nos quedamos solos—. A mí me ha parecido un trabajo excelente.

—Por supuesto —replica—, la cruz estaba muy bien hecha y aun cuando no hubiera sido así, me traería sin cuidado. Sólo necesitaba un pretexto para prolongar mi estancia en Nazaret sin levantar sospechas. Ven, a ti te lo puedo mostrar. Al fin y al cabo, los dos pertenecemos al orden ecuestre.

Subimos a la azotea, nos acercamos a la muralla y allí Apio Pulcro, apoyando una mano en una almena y alargando el otro brazo me pregunta:

—¿Qué ves?

—Nada —respondo—, un terreno baldío.

—Exactamente. Un terreno baldío perteneciente al Templo, donde pronto, por decisión expresa del rey Herodes, se construirá un barrio de viviendas y comercios. ¡Al lado mismo del Templo! El proyecto sólo es conocido de unos pocos, entre ellos, el difunto Epulón y, por supuesto, el sumo sacerdote Anano, el cual, muerto el principal inversionista, por deferencia a mi persona y a mis conexiones en la metrópoli, así como por amor a la patria, pensando sólo en el bienestar del pueblo de Israel y en la gloria infinita de Yahvé, me ha propuesto participar en la compra del terreno antes de que la decisión real se haga pública. Esto que ahora ves a tus pies,

Pomponio, no vale nada, pero cuando se anuncie su desacralización, valdrá cientos..., no, ¡miles de talentos! ¿No es acaso un milagro, Pomponio? Si no hubiera sido por un estúpido homicidio, yo nunca habría venido a esta población apestosa. ¡Los dioses, Pomponio, los dioses inmortales me han guiado hasta este filón! El problema, como puedes suponer, es de liquidez. *¡Pecunia praesens!* Prácticamente no he traído dinero, contando con que las autoridades locales sufragarían todos mis gastos, como es preceptivo y como mandan las leyes sagradas de la cortesía. Y los soldados apenas si llevan consigo unas pocas monedas sin valor, para sus necesidades adicionales o para mostrar su gratitud hacia la benevolencia de sus superiores. La paga entera se les da al regreso, para disuadirles de desertar o de no luchar con el debido arrojo. En resumen: esta misma tarde he despachado un mensajero a Jerusalén. Un árabe: magnífico jinete. Y como no entiende nuestro alfabeto, no podrá descifrar el contenido del mensaje. Va dirigido a unos comerciantes de la capital con los que en anteriores ocasiones he realizado fructíferas transacciones y a quienes he pedido, en términos que no admiten evasiva, un préstamo a bajo interés. Si no hay contratiempo, mañana estará de regreso el mensajero con un pagaré. Nunca se debe confiar dinero en metálico a un soldado, y menos si es árabe.

Acabó de perorar Apio Pulcro y me despedí alegando una cita en el otro confín de la ciudad. No prestó la menor atención a mis palabras y lo dejé absorto en el ilusorio fulgor de sus ganancias.

Al salir del Templo advertí que se había producido un cambio radical. Como es costumbre en lugares de clima cálido, las calles, desiertas durante el día, reviven cuando el sol recoge sus ardientes rayos. Toda la ciudad parecía haberse convertido en un bullicioso mercado, e incluso entre las gruesas columnas que sostienen el suntuoso pórtico del Templo habían instalado sus mesas los cambistas. Lentos carros de bueyes, pollinos abrumados por abultadas alforjas y camellos indolentes se cruzaban con hombres y mujeres de toda edad y condición, que iban o volvían llevando al hombro costales de harina, odres de aceite y vasijas de leche, o una agitada gallina sujeta por las patas o un conejo muerto o un pez plateado al extremo de un sedal, o una cesta de mimbre con ropa recién lavada en el agua clara del arroyo. Al pasar frente a una casa, a la puerta de la cual una hilandera sentada en un poyo devanaba la rueca, vi a través de la ventana abierta una familia entera sentada alrededor de una mesa bien provista de sopa y cocido, aves asadas, vino espumoso de la región y unos sabrosos dulces de almendra y miel. En una taberna unos pastorcillos cantaban al son de dulzainas y zambombas, y, semioculto en un soportal, un hombre en cuclillas hacía sus necesidades corporales.

A causa de la debilidad y la fatiga, las imágenes hogareñas y los estímulos sensoriales que me rodeaban me produjeron una vaga desazón, que traté de combatir refugiándome en el silencio de una solitaria plazoleta. Una suave brisa traía aroma de jazmín de los jardines ocultos tras los muros blancos. Para recobrar el ánimo y las fuerzas, me siento en un banco de piedra y lucho contra la melancolía, hasta que me saca de mi ensimismamiento una voz rasposa que dice:

—Pobre hombre: hambriento y cansado en tierra extraña.

Miro a mis pies, de donde parecen provenir estas

palabras y veo un cuervo con un pedazo de queso en el pico. En aquel momento se le acerca sigilosa una zorra, ladea la cabeza y le dice:

—No te dé pena. Él mismo se ha buscado su infortunio. Es un filósofo.

—A lo mejor —replica el cuervo— no sirve para otra cosa.

—Un parásito —dice la zorra—. Su muerte no hará mal a nadie. Ahora, si tanta compasión te inspira, dale tu queso, amigo cuervo, y veamos si esto le reanima.

—Tú siempre quieres privarme de mi queso —protesta el cuervo.

Los dos animales se quedaron un rato en silencio y finalmente el cuervo preguntó a su compañera:

—¿Y si en vez de darle el queso le doy por el culo?

—¿Cuándo se ha visto a un cuervo hacer tal cosa? —dijo la zorra.

—Todo es empezar —repuso el cuervo.

—Espera —dijo la zorra—, tengo una idea mejor. Vamos a proponerle un acertijo. Di, Pomponio, ¿qué está sobre el hombre y bajo el hombre, antes de la vida y después de la muerte?

CAPÍTULO IX

Despierto reclamado al mundo de los vivos por una voz femenina. Con dificultad al principio, luego con paulatina claridad, consigo fijar la vista en la persona que me habla: una mujer joven que arrodillada ante mí me observaba con inquietud. A su lado en el suelo, un cesto rebosante de alimentos, entre los que sobresale un queso cuyo olor suculento trae a mi memoria la onírica revelación. Viéndome despierto, dice la mujer de hermosos cabellos:

—Pasaba por la plaza y te he visto sentado en el banco con la mirada extraviada, la lengua colgando del belfo y una agitación de las extremidades que tanto podía ser signo de vitalidad como de agonía. Mi primer impulso ha sido salir huyendo, por si estabas poseído por Asmodeo u otro demonio malintencionado, pero luego he recordado las normas de nuestro estatuto y he acudido a prestarte socorro.

—Que los dioses —respondo— premien tu piedad y te den todo aquello que ansías, pues tengo por cierto que tu presencia, oh ninfa de hermosos cabellos, ha ahuyentado a los malos espíritus o lamias que me acosaban. Y nada temas: no soy un endemoniado, sino un ciudadano romano del orden ecuestre y un filósofo en un mal trance, de nombre Pomponio Flato. Vencido por el hambre y la fatiga al término de una jornada rica en trabajos y sobresaltos, me había sentado en este banco a recobrar fuerzas, me he quedado dormido inadvertidamente y he tenido un sueño de hermético significado.

Me levanto y al hacer ella lo mismo veo que es alta y delgada, pero no exigua de formas, y que va vestida con elegancia y pintada con discreción. Viéndome titubear quiere brindarme su apoyo, pero la rechazo suavemente diciendo:

—No me toques, venérea desconocida, y no comprometas tu reputación con mi propincuidad, pues a pesar de haber llegado ayer, gozo en Nazaret de una fama tan ruin como infundada. Ya estoy bien y he de proseguir mi camino si no quiero extraviarme, porque no conozco las calles y el cielo se ha oscurecido casi por completo.

—Tal vez —dice ella— yo pueda orientar tus pasos si me dices adónde los diriges.

—Tú no puedes ayudarme, ninfa de hermosos cabellos —respondo—, pues voy a una casa inicua habitada por una hetaira que tiene una hija de muy corta edad y un corderito.

—En tal caso —dice ella animadamente—, no sólo te puedo indicar el camino, sino acompañarte, porque yo soy la mujer que andas buscando y me dirijo a mi casa, ya libre de las ocupaciones que me han tenido ausente largo rato. Y como he aprovechado para comprar vituallas y tú estás famélico, puedo darte de cenar si no te ofende compartir mesa con una pecadora pública. Ya sé que no me puedes pagar, porque te he registrado mientras dormías, pero nadie está excusado del deber de prestar ayuda a un necesitado, y más si es forastero y no puede recurrir sino a los dioses, los cuales, dicho sea entre nosotros, no suelen mostrarse diligentes cuando se les necesita. En cuanto al sueño a que te refieres, tal vez yo te pueda ayudar a desentrañar su significado, pues poseo el don de interpretar los sueños heredado de mi madre, la cual lo heredó de la suya y así sucesivamente hasta llegar a José, el que fue vendido por sus hermanos y llegó a gobernar Egipto tras haber interpretado acertadamente los sueños del Faraón. Mi abuela se jactaba de descender de una hija habida de la unión de José y la mujer de Putifar. Te lo cuento porque eres extranjero, pero no lo repitas. Aunque algunas personas acuden a mí para que interprete sus sueños, no me conviene que se divulgue esta faceta de mi oficio. La otra es más fácil de entender y de aceptar por el vulgo.

Acepto con alacridad y nos ponemos en marcha. Mis desviados pasos no me habían alejado demasiado de nuestro destino y al cabo de poco avistamos la casa. Por el camino, para no corresponder con falsedad a la generosidad de aquella hermosa mujer, le revelo la causa de la anterior visita, así como mi intención de recabar su testimonio acerca del homicidio, la víctima y sus allegados.

—De todo ello hablaremos a su debido tiempo —dice—. Primero comer y luego filosofar. Tú estás a punto de desfallecer y los niños también deben de estar hambrientos.

Los niños habían estado jugando y correteando detrás del corderito y hubo que levantar la voz para obligarles a interrumpir la diversión y el griterío. Sucio, despeinado, con los ojos brillantes y las mejillas encendidas, el niño Jesús parecía haber olvidado el asunto que nos había conducido a aquel lugar y ni siquiera se interesó por el resultado de mi gestión. Cuando le conté lo ocurrido en el Templo y le di noticia de su padre, recobró la seriedad habitual y se mostró muy agradecido por el buen resultado de mi intervención.

—El mérito —dije— no ha sido mío sino de la veleidosa Fortuna. ¿Y tú, has conseguido averiguar algo?

Respondió que no: la niña era demasiado pequeña para saber nada. A decir verdad, se habían puesto a jugar en cuanto se quedaron solos y se les había pasado el tiempo sin sentir. Estaba avergonzado de su negligencia y hube de consolarlo y explicarle que a su edad era natural anteponer el juego al deber.

Mientras tanto, la hermosa mujer, que ha entrado en la casa para guardar las provisiones y empezar a preparar la cena, sale y ordena a los niños encerrar al corderito en un pequeño establo de madera adjunto a la casa y hacer las abluciones antes de sentarse a la mesa. Luego vuelve a entrar y yo la sigo. El interior de la casa consta de una sola pieza, decorada con gusto recargado, pero sin la empalagosa ostentación propia de los orientales. En un extremo hay un lecho amplio, cubierto por una piel curtida, y en el centro, una mesa con cuatro cuencos de barro, cuatro copas de estaño y una hogaza de pan. Suspendido sobre las brasas del hogar humea un caldero. Le reiteré mi hiperbólica gratitud y exclamó:

—Dicen que a cada cual lo ha puesto Yahvé sobre la tierra con algún fin. El mío es satisfacer necesidades ajenas.

Le pregunto si es de Nazaret y responde que no. Pertenece a una familia de cortesanas errantes, como suelen ser esta clase de mujeres, a quienes su oficio a menudo obliga a abandonar precipitadamente el lugar donde viven y a no regresar jamás a él. No está censada en ninguna población, ni paga tributos, ni tiene nombre propio, lo que le permite, llegado el caso, desaparecer sin dejar rastro. Reside en Nazaret desde hace dos años y ha adoptado el pseudónimo de Zara la samaritana. Unos años antes, en Éfeso, cuando ella tenía diecinueve y vivía allí con su madre, conoció a un gladiador y concibió de él a su hija. Luego siguieron caminos distintos y nunca volvió a tener noticia del gladiador. Probablemente ha muerto en algún circo miserable de una remota provincia, porque cuando lo conoció ya había dejado atrás la juventud, y la robustez se iba transformando en una corpulencia que auguraba obesidad. A la niña le ha puesto por nombre Lalita. En Nazaret ha encontrado tolerancia y cierta prosperidad, al menos durante un tiempo. Ahora, sin embargo, a raíz del asesinato del rico Epulón, ya está haciendo planes para cambiar una vez más de residencia.

No relató esta historia con pena, ni siquiera con resignación, lo que incrementó la consideración que sentía por ella, pero no me hizo olvidar el motivo de mi presencia en aquella casa.

—De lo que acabas de decirme —dije—, no me cuesta inferir, oh Zara de hermosos tobillos, tu relación con el difunto.

—En verdad —respondió— en una ciudad de estas dimensiones, donde todo se sabe, y muy en especial las actividades de los ricos, no es un secreto que el rico Epulón me visitó en varias ocasiones. Esto no significa que yo sepa quién lo mató. No sospecho de nadie y, por consiguiente, no excluyo a nadie de mis sospechas, ni siquiera a José el carpintero.

—Y el propio Epulón, con quien tenías frecuente trato, ¿dijo algo digno de mención en los días previos a su muerte?, ¿hizo alusión a algún enemigo?, ¿mencionó alguna inquietud o un cambio repentino en sus planes?, ¿refirió un encuentro o un reencuentro inesperado?

—Son muchas preguntas, Pomponio —rió la samaritana de hermosos tobillos.

—Puedo repetirlas de una en una.

—No es preciso. Epulón solía contarme sus preocupaciones, tanto las relacionadas con los negocios como las relacionadas con las personas, y puedo asegurarte que en los últimos tiempos no hubo variación alguna.

—¿Cuáles eran las preocupaciones habituales? Según tengo entendido, los negocios marchaban a la medida de sus deseos.

—En efecto, sus riquezas aumentaban constantemente y la veleidosa Fortuna nunca se le mostró esquiva.

—Quedan, entonces, las personas.

—Tampoco es un secreto la desavenencia permanente entre Epulón y su hijo, el joven Mateo.

—Todo es un secreto para un extranjero como yo. Dime, oh Zara, en todo semejante a una diosa, la causa de la discordia, si la conoces.

Habían entrado los niños y se habían sentado a la mesa. Zara, junto al fuego, bajó la voz y prosiguió diciendo:

—Mateo gastaba mucho dinero del erario familiar. Como era hijo único, su padre no se lo impedía ni se lo reprochaba. Atribuía la prodigalidad del muchacho a la inconsciencia de la juventud y suponía que derrochaba el dinero en apuestas, ropa, ungüentos, caballos y mujeres.

—Hasta que descubrió que no era así...

—Sí.

—Hace un rato le vi montar con maestría consumada un hermoso caballo. ¿Eran acaso las mujeres lo que no le atraía? ¿Acaso prefería el trato con jovenzuelos de redondas nalgas?

—No, el joven Mateo nunca ha practicado el acto nefando. El dinero que gastaba sin tasa iba destinado a otros fines.

—¿Sabrías decir cuáles eran esos fines, que comparas desfavorablemente con las prácticas a que me he referido antes?

Zara, la de hermosos tobillos, bajó más la voz:

—En Israel no todo el mundo ve con buenos ojos la presencia de Roma. Unos se limitan a manifestar su descontento de palabra. Otros...

—¿El joven Mateo forma parte de una secta subversiva?

—Él lo llama un movimiento de liberación. Epulón se oponía con firmeza a cualquier forma de revuelta. Afirmaba, no sin razón, que este país nunca había gozado de un periodo de paz, libertad y abundancia tan prolongado como el actual y decía que alzarse contra Roma nos conduciría inexorablemente a la ruina.

—¿Y cuál es tu opinión al respecto?

—Ninguna. Las mujeres como yo sólo establecemos vínculos personales y medramos en cualquier coyuntura. Nuestro enemigo es el tiempo, contra el que no cabe insubordinación.

Por primera vez una nube pasajera ensombreció su frente, en todo semejante a la de una diosa. De inmediato, sin embargo, sacudió su hermosa cabellera, también semejante a la de una diosa, emitió una risa chispeante y concluyó diciendo:

—Puedes hacer uso de lo que te he contado, con

prudencia y sin revelar la fuente de tus conocimientos. La verdad es que apenas escucho lo que me cuentan los hombres.

—Yo creía que escuchar era parte esencial de tu oficio.

—No lo es —dice—. Los hombres no pagan para que yo les escuche, sino para escucharse a sí mismos en presencia de un testigo paciente. Yo sólo tengo que fingir, y ni siquiera mucho. Esto y lo demás lo hacen ellos solos. El mío es un oficio descansado y no muy distinto del de los sacerdotes. Esto tampoco debes repetirlo. Y ahora, dejemos de lado este infecundo diálogo y hagamos algo realmente útil. La cena está lista.

Los alimentos eran deliciosos, tanto por la maestría con que habían sido cocinados como por la abundancia de especias, y la conversación de nuestra anfitriona, inteligente, alegre y versátil. Contó anécdotas divertidas relacionadas con el ejercicio de su profesión y afirmó que, además de ser una cortesana complaciente, sabía leer y escribir, cantar y bailar, y para demostrarnos esto último, una vez concluido el ágape, sacó del cofre una lira, se puso a tañerla y ejecutó con mucha gracia unos pasos de la danza de los siete velos, que goza de mucha popularidad en esta región, mientras su hija marcaba el ritmo con una pandereta y el niño Jesús aporreaba un tamboril. Cuando iba por el cuarto o quinto velo, Zara la samaritana ordenó a los niños ir a dar forraje al cordero y, apenas hubieron salido, cerró la puerta con llave, me condujo al lecho y en un instante, con gran pericia, alivió mi desasosiego y consoló mis penas. Tras lo cual dijo:

—El sueño que tuviste es fácil de interpretar. La zorra y el cuervo son tu entendimiento y tus pasiones; lo que está arriba y abajo, antes y después de la muerte, soy yo; el queso es el queso. El resto del mensaje, si hay alguno, no está en nuestro poder conocerlo hasta que el tiempo ordene su cumplimiento.

Se levantó, abrió la puerta y dejó entrar a los niños, que regresaban en aquel momento. Por mi gusto nunca me habría ido de allí, pero se había hecho muy tarde y supuse a José y a María inquietos por la prolongada ausencia de su hijo, de modo que deshaciéndome en elogios y expresiones de agradecimiento y prometiendo volver a visitarlas tan pronto como nos fuera posible, abandonamos la casa y emprendimos el camino de regreso.

El niño Jesús estaba rendido de cansancio, pero la excitación le mantenía despierto y locuaz.

—No debería decir esto —me confesó cuando ya habíamos entrado en la ciudad—, pero comparadas con mi madre, Zara y Lalita son mucho más divertidas.

—Si no fuera así —respondí para atemperar su entusiasmo—, pocos clientes tendrían los lupanares. Pero no te dejes engañar por las apariencias ni aconsejar por la vanidad. Los placeres que hemos experimentado son superficiales y pasajeros, y la amabilidad que nos ha sido mostrada, frágil y meretricia. Sólo la sabiduría y la virtud permanecen y su valor se acrecienta con el paso del tiempo. No te olvides nunca de este principio. Dicho lo cual, no niego que lo hemos pasado muy bien, como ocurre siempre cuando todo se pone al servicio de los sentidos: la decoración, los condimentos, la música, el incienso…

Jesús guardó un rato de silencio y luego dijo:

—He estado pensando y he decidido que cuando sea mayor me casaré con Lalita. Ya sé que su madre es una pecadora, pero como ahora yo soy hijo de un criminal, no creo que haya impedimento. También he pensado cambiar de nombre y llamarme Tomás. ¿Tú qué opinas, *raboni*?

—No sé si es una buena idea. Durante la cena he observado que la madre corregía discretamente los modales de la niña, de lo que deduzco que la está preparando para que siga sus pasos en cuanto alcance la edad núbil, o antes, si hay alguien dispuesto a costearse el capricho. Yo de ti no me preocuparía demasiado por lo que harás en el futuro. Nadie sabe lo que nos tiene preparado el destino y, además, todavía sois muy críos los dos.

Volvió a guardar silencio y caminamos un rato callados y concentrados en las dificultades del camino, porque no había luna y debíamos avanzar por el laberinto de calles y plazas a la escasa luz de las estrellas. Finalmente avistamos la casa de Jesús, en cuya puerta se recortaba una silueta que resultó ser la de su madre, inquieta por nuestra tardanza.

—¿Lo ves? —le dije en voz baja—. Nadie volverá a sentir por ti tanta preocupación. Corre a tranquilizarla, muéstrate cariñoso con ella y no le cuentes los pormenores de nuestras andanzas.

CAPÍTULO X

Caí dormido en cuanto mi cuerpo fatigado se derrumbó sobre el tosco jergón del establo de la arpía, pero repetidas veces durante la noche fui presa de agitación y de nuevas e inquietantes catarsis, la mayoría de las cuales tenían como protagonista a Zara la samaritana, en todo semejante a una diosa, incluido el precio, pues las diosas, al no haberse de preocupar por el sustento, suelen entablar trato con los humanos guiadas únicamente por el corazón, por la concupiscencia o incluso por la piedad, sin reclamar a cambio ningún estipendio. De estos raptos me despertaba súbitamente, ora a causa de mi persistente afección intestinal, ora por bruscos ruidos provenientes de la calle, ora por los empellones de las cabras que, no obstante los malos tratos recibidos aquella misma mañana, mostraban una afición hacia mi persona que hacía aún más doloroso el contraste entre el mundo real y el onírico. Entonces, a la luz de la fría lógica, comprendía lo absurdo de mis anhelos y lo inviable de mis esperanzas.

Me levanté al despuntar la Aurora de espléndido trono con el cuerpo dolorido, el ánimo abatido y la mente embotada. Procurando evitar un encuentro con la arpía, que sin duda me reclamaría, bien el pago del hospedaje, bien un trabajo compensatorio, salí a la calle y me dirigí directamente al Templo con la intención de suplicar a Apio Pulcro que me proporcionara los medios necesarios para abandonar cuanto antes una ciudad en la que sólo podía ocasionar quebrantos y cosechar desengaños y a la que no me ataba ninguna obligación ni afecto, pues no habiendo percibido de Jesús los honorarios establecidos por mi cooperación, nada podía serme reclamado en nombre de la moral ni del derecho.

En la puerta del Templo acompañaban a la guardia del Sanedrín cuatro legionarios armados como si se dispusieran a entrar en combate. Pregunté la causa y respondieron:

—Por Marte, Pomponio, debes de ser el único que ignora lo sucedido anoche, bien por estar en brazos de Morfeo, bien en otros brazos, reparadores de ansias más profundas.

Recordé los ruidos que en varias ocasiones me habían despertado y dije:

—Refiéreme, pues, lo ocurrido.

Lo ocurrido era lo siguiente: poco después de ponerse el sol, Apio Pulcro había acudido a la taberna donde la noche anterior había cenado en mi hambrienta compañía. Por imprevisión o por exceso de confianza, sólo le había acompañado un soldado, portador del estandarte. De regreso al Templo, entrada ya la noche, al cruzar una plaza se vieron rodeados por un grupo de individuos que, armados de hoces, azadas, rastrillos y otras herramientas, se pusieron a gritar: ¡Muera el César! ¡Viva el Mesías!, mientras propinaban repetidos golpes al tribuno y al portaestandarte. Luego se retiraron por las tortuosas calles adyacentes sin dejar de proferir su consigna. Magulladas pero íntegras, las víctimas de la agresión regresaron al Templo sin más novedad.

Encontré a Apio Pulcro en su aposento, sumamente nervioso y contrariado. Está convencido de que el incidente de la víspera es el preludio de una revuelta general, de que el Sanedrín carece de suficientes efectivos para sofocarla y de que su vida corre un peligro cierto. Por su gusto, regresaría sin dilación a Cesarea, pero no es posible abandonar la ciudad, ya que en campo abierto se puede caer con facilidad en una emboscada, ora de los insurgentes, ora de los bandidos, porque también corre por la ciudad el rumor de que el temible Teo Balas anda rondando las inmediaciones de Nazaret. Por añadidura, no juzga oportuno abandonar Nazaret sin haber cerrado con todas las garantías legales el negocio inmobiliario que se trae entre manos. Todo esto lo tiene muy enojado.

—Si al menos supiéramos, oh Pomponio, quién es el cabecilla de la secta, podríamos aprehenderlo y ejecutarlo de un modo sumario y ejemplar. Así abortaríamos el levantamiento, antes de que se produzca un baño de sangre. Pero aquí nadie sabe nada, o si sabe, prefiere callar por temor a la venganza o por animadversión a los romanos. Ardua coyuntura, por Hércules.

Recordé las palabras de Zara la samaritana acerca del joven Mateo y su presunta adhesión al movimiento independentista, pero me abstuve de repetírselas al tribuno hasta tanto no se aclarase un poco más la situación. De camino al Templo yo no había percibido nada anómalo en el comportamiento ni en el aspecto de los ciudadanos, y después de conocer lo sucedido me sorprendía la moderación de la violencia sufrida por Apio Pulcro, pues no habría costado nada a los atacantes ora secuestrarle, ora darle muerte y, no obstante la impunidad, no lo habían hecho. Tal vez sólo pretendían crear un clima de alarma o provocar una reacción de las fuerzas vivas, aunque, desconociendo el país, su historia y su idiosincrasia, me resultaba imposible barruntar la causa de esta acción.

Meditando estas cosas me dirigí a casa de Jesús con la intención de comunicarle mi determinación de abandonar nuestras investigaciones, sobre todo en vista de los cambios ocurridos durante la noche.

Encontré al niño ayudando a su padre a terminar la nueva cruz. De su rostro emaciado deduje que José, herido en su orgullo profesional por los comentarios peyorativos de Apio Pulcro, había pasado buena parte de la noche enfrascado en su trabajo. Le pregunté si había oído alboroto en la calle y respondió que no. Al referirle lo sucedido, lamentó el daño causado al tribuno y prometió implorar de Yahvé su pronto y total restablecimiento.

—Una extraña actitud hacia quien te ha condenado a muerte —exclamé.

José se encogió de hombros y dijo:

—No hemos de devolver mal por mal, sino al contrario: perdonar a nuestros enemigos y amarlos como Dios nos ama.

—Por Júpiter, no sé quién te ha metido esa idea en la cabeza, pero venga de donde venga, es una insensatez. Si no distinguimos al amigo del enemigo y al bueno del malo, ¿adónde irán a parar la virtud y la justicia?

Como tenía por costumbre, el estólido carpintero regresó a sus quehaceres sin responder a mis argumentos, lo que me produjo una gran irritación, pues aparte de su hijo, yo era la única persona en todo el Imperio que estaba tratando de hacer algo por él. Al percatarse de mi enojo, María vino directamente a nosotros y con una suavidad donde se conjugaban el amor y el sufrimiento dijo:

—Estoy segura, Pomponio, de que no has comido. Yo acabo de cocer un pan y nos sentiremos muy honrados si quieres compartirlo con nosotros.

Como ciertamente tenía hambre, decidí postergar mis quejas y aceptar la oferta. María sonrió y envió a Jesús a buscar una vasija de leche a una tienda próxima. Cuando el niño se hubo ido, me indicó por señas que la acompañase. Salimos a un patio trasero rodeado de un muro. En el centro había un aljibe y contra el muro se apilaban tablones de distintos tamaños, así como una pila de leños destinados al fuego del hogar. Un burro rumiaba con languidez en un pesebre. María se sentó en un banco de piedra, junto a un macizo de lirios y azucenas, me invitó a sentarme a su lado, cruzó las manos sobre el regazo y dijo:

—No te enojes, Pomponio, con mi pobre esposo. No oye bien y lo que oye lo entiende a medias. Esta merma de percepción se debe, en parte, a una vida entera entre martillazos y serruchazos, y en parte, a una existencia larga y llena de vicisitudes, algunas verdaderamente insólitas. Pero es un hombre bueno y justo y valora tus esfuerzos. Debido a su sordera no oyó los ruidos que anoche alteraron la paz. Yo sí los oí, y este asunto me preocupa por varias razones. La estabilidad del país es precaria. Lo es la de todos los países, pero la de éste, más. Siempre ha habido opositores a la presencia romana, como antes los hubo contra Nabucodonosor. Los actuales consideran a Herodes un títere de Augusto, en lo que llevan razón, y sueñan con recobrar una independencia que sólo existe en dudosas crónicas e incluso con recobrar la gloria legendaria del rey Salomón, su Templo y sus minas. Hasta ahora no ha pasado nada irremediable: son pocos y no tienen medios. Pero las cosas están cambiando. Herodes Antipas no es como su padre, Herodes el Grande, por quien no siento ninguna simpatía, pero a quien reconozco cualidades de hombre de Estado. Gobernó con mano firme, no se detuvo ante nada. Su hijo es lo contrario: débil de carácter, depravado y timorato, cree que sus hermanos conspiran para arrebatarle el reino, vive pendiente de las conjuras de palacio, sólo escucha a los aduladores, a los delatores y a los espías y no desdeña recurrir al asesinato. A su sombra, cortesanos venales rigen el país en beneficio propio. Suben los tributos, suben los precios, cada día hay más pobres, los descontentos ya son legión. Tierra fértil para la semilla de la rebelión. Si estalla, no faltará ayuda externa: siempre hay poderes dispuestos a invertir en la violencia ajena. El resultado sólo es uno: la ruina del pueblo judío. Tal vez exagero en mis temores. Sólo soy una mujer ignorante y, para colmo, la esclava del Señor; dejemos los detalles para otro momento. Pero soy una mujer del pueblo, y sé cómo piensa el pueblo. Voy todos los días al mercado, menos el sábado, claro, y también a lavar al río, y allí oigo hablar a la gente. Como no salen de sus aposentos, ni el Tetrarca, ni el procurador de Judea, ni el Sumo Sacerdote saben ni sospechan lo que la gente piensa. Se pasan el día metidos en el baño, untados de aceite, con sus concubinas.

—¿El Sumo Sacerdote también tiene concubinas? —pregunté.

—No lo sé. No sé lo que es una concubina, ni lo que se puede hacer con ella en el baño. Yo creía que era una esponja. Repito lo que he oído. Mis pensamientos son del todo puros. Sólo ponía este ejemplo para subrayar el divorcio entre gobernantes y gobernados. Perdona si no he sabido explicarme mejor. En mi país las mujeres no hacen política. Lo de Judit y Holofernes fue puro pragmatismo y no cuenta. Además, yo tengo otras cosas en las que pensar. No he hecho esta sinopsis para demostrar mis conocimientos, ni para informar a un romano de las maquinaciones de mis compatriotas. Me preocupa únicamente mi hijo, y si estoy hablando más de lo que he hablado en toda mi vida, con un pagano, y a espaldas de mi marido, es porque he advertido que has cobrado afecto por Jesús y que él también te estima y te respeta.

—En verdad —repuse—, no sería el primer caso de un menor instruido por alguien ajeno a su pueblo, a sus creencias e incluso a su especie, pues es bien sabido que el propio Aquiles aprendió el arte de la caza del centauro Quirón, pero, en mi caso particular, no se me ocurre de qué modo puedo ayudar a tu hijo.

—Siendo paciente, Pomponio. Jesús, aunque pequeño, es muy listo, se da cuenta de todo. Yo me atrevería a llamarlo clarividente para las cosas elevadas. Pero de este mundo sabe poco. Cualquiera puede influenciar sus ideas y sus actos. Jesús tiene un primo llamado Juan. Cuando regresamos a Nazaret, tras una larga ausencia, Juan incluyó a Jesús en un grupo de adolescentes, casi niños, sensibles, piadosos y un poco apasionados. Podrían haberle metido ideas peregrinas en la cabeza.

—Conozco a Juan —atajé—. Es un cavernícola.

—Él no tiene la culpa. Cuando fue engendrado sus padres ya chocheaban. No pudieron encarrilarlo en la buena senda. Siempre anduvo suelto, vestido de cualquier manera...

—Y ahora está metido en el movimiento rebelde.

En vez de corroborar mi aserto, María cortó una azucena y pareció ensimismarse en el aroma intenso de la flor. Luego siguió hablando sin apartar la mirada del blanco cáliz:

—En nosotros Jesús tampoco ha encontrado un hogar como es debido. José es generoso y benévolo. Quizá demasiado. Nadie habría aguantado las cosas que él... A Jesús le conviene salir del círculo cerrado en que vive, conocer a personas distintas de nosotros. Me ha contado dónde estuvisteis ayer; me ha hablado de una niña y un corderito. Nunca lo había visto tan animado, casi feliz. No ignoro... no ignoro la clase de mujer... También en el mercado y en el lavadero se comentan estas cosas. Incluso en el Templo, a la salida de los sacrificios. A las personas les gusta murmurar, con razón o sin ella. Yo misma, hace unos años, fui víctima de las habladurías. A Jesús le conviene tu compañía. Tienes otro modo de pensar, otra cosmogonía, por decirlo de algún modo, no vives aprisionado por una ley tan estricta ni por los mitos atroces de este pueblo encadenado al culto y condenado a la extinción.

Se interrumpió súbitamente, dejó caer la flor, se levantó, se alisó la túnica azul, pisó una sabandija y concluyó diciendo:

—No debería hablar tanto. Mi papel es otro. Cuida de mi hijo y no repitas a nadie este soliloquio.

Volvimos a entrar en el momento en que regresaba Jesús con la jícara. Mientras desayunaba no dejó de preguntarme por los planes del día. Yo no tenía ninguno, pero me faltó valor para comunicarle mi decisión de abandonar el caso.

CAPÍTULO XI

En la calle seguía reinando una aparente normalidad; sólo en algunos puntos estratégicos se advertía la presencia de guardias escasamente armados. Pero como esto no tenía relación con nuestras investigaciones, opté por dejar la rebelión al cuidado de las autoridades competentes y concentrar mis esfuerzos en la exculpación del obstinado carpintero. Para lo cual decidí realizar una segunda ronda de pesquisas, empezando por la persona cuya opinión al respecto más me interesaba, pero cuya cooperación se me antojaba más problemática, es decir, la viuda del difunto. Nos pusimos, pues, en camino hacia la villa sin un plan preconcebido, confiando en que la veleidosa Fortuna se mostrase benigna en esta ocasión, como en verdad hizo, pues cuando llevábamos un trecho recorrido, vi al legionario que porta el estandarte caminar entre la gente con su atributo al hombro. Impongo a Jesús un estricto silencio, voy derecho al encuentro del soldado y con expresivas muestras de alegría y solicitud le pregunto qué anda haciendo a esta hora solo y con el estandarte. Responde que la noche anterior, en el fragor de la reyerta en que se vio envuelto cuando acompañaba a Apio Pulcro, el estandarte rodó por los suelos y se torció un poco el águila imperial, por lo que esta misma mañana, al despuntar la Aurora de espléndido trono, lo ha llevado al herrero a que la enderezase. Ahora, hecha la reparación, regresa al Templo, donde siguen acuartelados los demás legionarios en previsión de nuevos ataques.

—Pues tanto tú como yo, valiente soldado, estamos de suerte —le digo—, porque Apio Pulcro te espera para encomendarte la misión de acompañarme a realizar una importante gestión, y, habiéndonos encontrado a mitad de camino, tú te ahorras buena parte del trayecto y yo, el tiempo de espera. Demos gracias a Minerva, que con certeza ha guiado tus pasos así como los míos.

Inclinamos nuestras cabezas en señal de acatamiento a los inapelables designios de la diosa y acto seguido, con la valiosa adición del soldado y el estandarte, seguimos nuestra vía.

El soldado, que se llama Quadrato, es muy alto y corpulento, como corresponde a quien ha de hacer ostensible el símbolo del poder y la grandeza de Roma, y veterano de muchas campañas. Dice haber luchado de joven en el bando de Pompeyo contra Julio César, en la decisiva batalla de Farsalia, que perdieron. Más tarde, a las órdenes del divino Augusto, en Cantabria, donde recibió varias heridas gloriosas. Una de ellas, producida por la maza de un astur, habría resultado fatal de no ser por el casco, que le evitó la muerte, pero no una merma sensible del entendimiento. Por esta causa, así como por su elevada estatura, ha sido designado portaestandarte y destinado a Judea, donde este cargo reviste una importancia capital. De todo ello se siente muy orgulloso Quadrato.

—Cuando lo llevo erecto —nos explica—, el mundo entero tiembla y se humilla. En sentido figurado, claro. Y cuando pronuncio las sagradas letras S-P-Q-R, no hay mujer de ninguna edad y raza que se me resista. Con esto está todo dicho.

Fingiendo interés, sorpresa y admiración consigo que al llegar ante la villa del rico Epulón su vanidad haya crecido de tal modo que cree estar encabezando la entrada triunfal de Escipión en Roma cuando sólo va por un camino desierto y polvoriento, acompañado de un niño y un filósofo andrajoso e incontinente. Pero como la ostentación siempre causa efecto a las personas de baja cuna y cortas luces, los criados que acuden a mis voces, en lugar de expulsarnos a salivazos, nos abren la cancela, nos franquean el paso en actitud de temor reverencial y nos conducen directamente a la entrada de la casa. Allí digo al portaestandarte y a Jesús que no me sigan. Jesús hace amagos de protesta, pero cuando le explico que si puedo entrevistarme con la viuda del difunto su presencia no constituirá una ayuda sino un estorbo, lo entiende y promete esperar pacientemente y sin hacer travesuras.

Desembarazado al fin de mis dos acompañantes, penetro a través de un angosto vestíbulo en el atrio o peristilo, en todo idéntico al de una casa romana, con excepción de las estatuas y mosaicos, prohibidos por los rigurosos preceptos de la ley mosaica. El mobiliario, por contraste, es lujoso, sólido, confortable y abigarrado, como corresponde al gusto de un rico provinciano.

Al cabo de muy poco sale de una celda aledaña la viuda de Epulón, acompañada de su hija, la hermosa

Berenice, de cándidos brazos, y de una sierva, todas vestidas de luto y con el rostro cubierto de una gasa blanca bajo la cual apenas se distinguen los rasgos pálidos y alterados de las tres mujeres.

—Me han anunciado tu visita, oh Pomponio —dice la viuda de Epulón sin salutación previa—, y no puedo ni quiero ocultar mi asombro ante un hecho semejante, pues ayer manifesté, estando tú presente, mi voluntad de no ser molestada, y no acostumbro a ver incumplidos mis deseos, y menos en mi propia casa.

—Ni yo lo haría, oh ilustre y apenada mujer, en dignidad semejante a una diosa, de no habérmelo impuesto una causa de orden superior. Por la escolta que traigo habrás deducido el carácter oficial de mi embajada. Un carácter que mitigan y transforman la compasión y la estima que siento hacia ti y hacia todos los allegados de tu difunto esposo, cuyo espíritu descansa en compañía de sus antepasados y otros hombres ilustres en el averno o dondequiera que vayan los judíos muertos.

Dijo la viuda:

—¿Y es acaso posible conocer la causa de la intrusión sin tantos prolegómenos?

—Ciertamente —repuse—. Y la expondré de modo sucinto y claro, como es mi estilo, si bien a veces la presencia de oídos ajenos me impone tediosos circunloquios.

Capta ella mi intención, despacha con un ademán a la hermosa Berenice, de pálida frente, y a la doncella, de recios brazos, y me conduce a un extremo del peristilo, donde se sienta en un bello sillón a cuyas plantas hay un escaño. Yo, tomando una silla, me pongo a su lado y digo:

—Te supongo enterada, oh mujer sagaz entre todas

las mujeres, de los sucesos violentos de la noche pasada.

—Algo he oído comentar a mis siervos al respecto —responde—, pero mi mente está ocupada en otras cosas.

—Como es natural. Y yo no traería a colación este asunto trivial si no afectara al buen nombre de tu hijo Mateo, por su intrepidez en todo semejante al glorioso y magnánimo Diomedes. Pues has de saber que Apio Pulcro, tribuno romano y víctima de los lamentables sucesos de anoche, me ha encomendado la tarea de establecer, si la hubiere, alguna conexión entre estos actos subversivos y la muerte del piadoso Epulón, varón intachable. Este vínculo, naturalmente, no habría de ser por fuerza Mateo, el bravo en combate, pero no estaría de más eliminar toda sospecha acerca de sus actividades. Esto contribuiría enormemente a descubrir y castigar a los verdaderos inductores de la fechoría. Sin duda Mateo pasó la noche en casa.

Contestó la viuda:

—Lo ignoro. Mateo es un hombre adulto y puede entrar y salir a su antojo, sin dar explicaciones a su madre ni a ninguna otra persona. Pero a tus insinuaciones responderé diciendo que mi hijo Mateo no ha hecho nada reprobable. Mateo es incapaz de infringir la ley. Ni la de Moisés ni la de Roma. Ninguna ley es infringida por un miembro de esta casa. Pero si lo hubiera hecho, sería el Sanedrín el que debería juzgar sus actos, no las autoridades romanas.

—A menos —aduje— que hubiera atentado gravemente contra dicha autoridad en la persona de sus representantes, en cuyo caso... Pero dejemos eso. Como tú misma has dicho, es imposible que Mateo haya llegado a tanto, pese a ser impetuoso, con la intrepidez propia de un héroe... Y sin duda ya lo era cuando de niño recibía tus amorosos cuidados maternales.

La noble viuda de Epulón se levantó del sitial, dio unos pasos hacia el impluvio, regresó bruscamente y dijo:

—Mateo nunca estuvo a mi cuidado. De niño fue enviado a estudiar a Grecia. Su padre quería procurarle una buena educación.

—Ah, sí, es frecuente entre las familias nobles enviar al primogénito a estudiar a Atenas. O a otro lugar, puesto que, como es bien sabido, Atenas ya no es lo que fue en los tiempos gloriosos de Pericles. Hoy en día los preceptores, en vez de inculcar la sabiduría, sólo piensan en dar por el culo a sus discípulos. Estoy seguro de que Mateo fue a Tebas, ciudad culta y virtuosa. Y allí debió de recibir las enseñanzas de Fabulón el tracio, en todo semejante a Sócrates.

—Sí. Ése fue su mentor.

—No existe tal persona, señora, me la acabo de inventar.

La viuda alza el velo que le cubre el rostro y clava en mí unos ojos ardientes enmarcados en un rostro bello y juvenil. Sin darle tiempo a hablar digo:

—El joven Mateo no es hijo tuyo, ¿verdad?

—¿Cómo lo has sabido?

—Por inducción. Y también por mis estudios de fisiognomía.

Hizo una larga pausa que supuse dedicada a dilucidar su próximo acto: ora hacerme expulsar por la violencia, ora tratar de razonar conmigo, y finalmente dijo:

—En verdad no existe razón alguna para ocultar la verdad cuando ésta no es ignominiosa, y si hasta ahora lo hemos hecho ha sido para salvaguardar nuestra intimidad de la curiosidad de los extraños. Pero en realidad el joven Mateo es hijo de un matrimonio anterior de mi difunto esposo. En cambio Berenice, la de ruborosas mejillas, es hija mía. Has de saber que nací en Alepo, en el seno de una familia judía, honrada y temerosa de Dios. Me casé muy joven y tuve una hija a la que pusimos por nombre Berenice. Al cabo de poco tiempo mi marido hubo de hacer un viaje, en el curso del cual cayó en manos de un temible bandido llamado Teo Balas y pereció en el encuentro. Yo tomé a mi hija conmigo y volví a casa de mis padres. Un día vino a visitarnos el rico Epulón, a quien sus negocios habían llevado a aquella ciudad. Acababa de morir su mujer dejando un hijo de corta edad y yo encontré gracia a sus ojos. Contrajimos esponsales y poco después nos establecimos en Nazaret.

—Es triste que una mujer tan joven y virtuosa haya enviudado dos veces —dije—. Se diría que algún dios, atraído lascivamente por tu hermosura, trata de impedir que un mortal se la…

—Esto —interrumpió la hermosa viuda con altanería— es una cosa bien estúpida de decir, Pomponio, y muy cruel. Temo haberte dedicado más tiempo del que determinan las leyes de la cortesía. Te ruego que abandones mi casa, llevándote a tus acompañantes, quienesquiera que sean.

CAPÍTULO XII

Quadrato estaba donde yo lo había dejado, en animada conversación con una sirvienta a la que relataba anécdotas de su vida militar mientras ella, con un paño, sacaba brillo al águila y las fasces de la enseña. Tan absortos estaban que ni siquiera interrumpieron sus actividades cuando me vieron aparecer. En cambio, no vi por ninguna parte a Jesús. Pregunté por él y Quadrato respondió secamente que cuidar niños no formaba parte de sus aguerridas atribuciones.

—Tal vez —le dije—, pero si le ha pasado algo, responderás con tu cabeza de melón.

Salí al jardín pensando que probablemente Jesús habría preferido corretear al aire libre y ahorrarse las baladronadas del legionario, pero por más que busqué, no pude dar con él ni con nadie que me diera razón de su paradero. Un poco inquieto volví a entrar en la casa. El portaestandarte seguía envolviendo en su retórica a la sirvienta. Salí al atrio y allí me topé de improviso con el apuesto Filipo, el cual me dedicó la más dulce de sus sonrisas y dijo:

—Mi querido y fisiológico amigo, nadie me había

avisado de tu presencia o habría venido de inmediato a saludarte y a ponerme a tu disposición. Pero tal vez aún pueda serte útil, pues adivino que andas buscando algo.

—Mucho me gustaría en verdad, Filipo, saber qué estoy buscando. De momento, al niño en cuya compañía me has visto varias veces. Hace un rato lo dejé en el vestíbulo y ya no está allí ni en ninguna parte.

—No temas, no le habrá pasado nada malo. Luego nos ocuparemos de su paradero. Antes, permíteme ofrecerte un refrigerio en mi propio aposento como muestra de amistad, como hizo Alcínoo, varón de inspirados consejos, con el ínclito Ulises cuando éste, arrojado a la playa, desnudo y exánime, fue hallado por Nausícaa, etcétera, etcétera.

Y sin darme tiempo a interrumpir la disertación, me tomó del brazo y suavemente me condujo a una de las habitaciones cuyas puertas se abrían al peristilo. Dentro imperaban la frescura y la limpieza, como si el polvo y el calor se hubieran detenido en el umbral, y una fragancia rara y exquisita turbaba los sentidos. En un rincón había un diminuto altar con una estatua de Minerva delicadamente labrada en mármol policromado. Los demás objetos eran suntuosos y de gran belleza. Filipo, advirtiendo mi asombro, sonrió y dijo:

—No te extrañe, Pomponio, tanto boato en la morada de quien sólo es un siervo. Soy amante de la estética y, como nadie depende de mí ni tengo vicios, me sobra el dinero. He amasado una pequeña fortuna y no la oculto, a diferencia de los judíos, entre los cuales la ostentación se considera un defecto. Siéntate, disfruta de estas raras comodidades y bebe de este néctar que refrescará tu cuerpo y endulzará tu espíritu.

Diciendo esto me ofreció una copa de cristal de roca

llena de un líquido incoloro aderezado con una rodaja de limón que resultó ligero al paladar y de efecto tónico y embriagador. Cuando hube bebido unos sorbos y expresado mi gratitud, Filipo adoptó un aire grave y circunspecto.

—He sabido, oh Pomponio —dijo—, que anoche visitaste cierta casa situada a las afueras de Nazaret. No estoy enterado de ello por indiscreción de su moradora, de hermosos cabellos, sino por mis propias indagaciones, pues yo también estuve allí por motivos que tal vez te interese saber.

Mordisqueó las uvas de un racimo y prosiguió diciendo:

—Epulón, como todo hombre dotado de raciocinio y riqueza, había anticipado el hecho inexorable de su muerte y previsto algunas acciones que habían de realizarse cuando él dejara este mundo. Entre las medidas previstas, alguna concernía a la mujer que conociste ayer.

Recordé al hilo de esas palabras que Zara la samaritana había aludido a un probable cambio de residencia a causa de la muerte de su protector. Pregunté a Filipo si esta posibilidad tenía algo que ver con lo que me acababa de decir y respondió:

—Eso deberás preguntárselo a ella. Por lo demás, yo no puedo obligar a una persona a tomar una decisión u otra. A lo sumo, puedo aconsejar el modo de proceder más conveniente o, según las circunstancias, el menos perjudicial.

—Tus explicaciones me plantean más incógnitas de las que despejan. Te ruego, Filipo, que seas más explícito.

El radiante efebo me miró con una expresión afable no exenta de ironía y dijo:

—No conviene a un filósofo dejarse dominar por las pasiones. No niego que éstas, a veces, también son un método de conocimiento, pero es preciso subordinarlas a la razón. Sobre todo en asuntos como éste. Las aguas impetuosas de un arroyo pueden ocultar fondos legamosos.

—Estoy acostumbrado a las aguas mefíticas en sentido literal, y, a la vista de sus efectos, dudo que sean peores en sentido metafórico. De todos modos, te agradezco la advertencia y la tomaré en consideración. Sólo quisiera hacerte, si me lo permites, una pregunta más: ¿te preocupa lo que a mí me ocurra por razones de filantropía o interviene en tus preocupaciones alguna otra causa?

—Yo soy un pobre forastero, Pomponio, y en estas tierras, donde todos creen pertenecer al pueblo elegido por Dios, soy doblemente forastero. Debido a mi situación me siento solidario de tu suerte, aunque no responsable. No obstante, cuando todo haya terminado, te revelaré un secreto que aclarará la razón de mi conducta. Y ahora, vete. Tu pueril amigo te debe de andar buscando y el tiempo no se detiene.

Dejé al enigmático efebo retocándose los bucles de su rubia cabellera frente al espejo y salí al peristilo, donde encontré a Jesús, el cual vino directamente a mí y dijo:

—¿Dónde estabas? Hace rato que te busco.

—Insoportable criatura, estaba trabajando para ti. ¿A qué viene tanta impaciencia?

—Ya te lo contaré cuando salgamos de esta casa.

—Está bien.

En el vestíbulo, Quadrato se había quedado dormido. Al parecer los intentos de seducción no habían llegado a buen puerto. Lo dejamos entregado a un sonoro sueño y salimos sin encontrar a nadie. Cuando nos hubimos alejado un trecho, dijo Jesús:

—No te enfades conmigo, *raboni*, pero mientras tú estabas hablando con los familiares de Epulón, y Quadrato con la fámula, he intentado meterme en el aposento donde se produjo el asesinato.

—¡Por Hércules, eres tan obstinado como imprudente! Ya lo intentaste una vez y por poco te matan a latigazos. Espero que esta vez hayas tenido más suerte.

—En parte, creo que sí —dijo Jesús—. La ventana es en verdad demasiado pequeña para que por allí pueda entrar o salir una persona, incluso un niño. Pero esto no es lo importante. Lo importante es que mientras examinaba la ventana desde el exterior, oí rumor de voces y me oculté tras unos matorrales. Desde allí vi acercarse a Mateo y a Berenice, enzarzados en una violenta disputa. Al principio no entendí lo que decían. Ellos estaban muy nerviosos y hablaban precipitadamente, y yo también estaba nervioso por el temor a ser nuevamente descubierto. Sin embargo, al cabo de poco oí al joven Mateo pronunciar estas palabras: ¡No, no! Así dijo, *raboni*. ¡No, no! Y luego añadió: No permitiré que nada se interponga en el camino de mis verdaderos sentimientos. No me importa la ley ni el honor. No me importa perder la herencia y ser rechazado por mi familia y por mi pueblo. Mi amor es más fuerte que todas las amenazas. Parecía muy apesadumbrado.

—¿Y Berenice, la de cándidos brazos? ¿Cuál fue su respuesta?

—Apenas la escuché, porque hablaba muy bajo y su discurso se veía interrumpido continuamente por los sollozos. Aun así, le oí decir: No puedo permitirlo. Es una locura. Eres mi hermano. Luego se alejaron y ya no oí más.

—Vaya. Parece una trifulca de enamorados.

—Pero eso sería una abominación, ¿verdad, *raboni*?

—Sólo si fueran hermanos, pero Mateo y Berenice no lo son, según acabo de saber.

Y a continuación le referí la conversación con la viuda del difunto Epulón. Al concluir el relato, dijo Jesús:

—En verdad, en verdad, no me extraña que la viuda se ofendiera. ¿Cómo pudiste decirle una cosa tan hiriente? Además, tú no crees en los dioses ni, por consiguiente, en sus maldiciones.

—Es cierto, yo no creo, pero la gente sí, y consideré interesante ver su reacción. Gracias a esta hábil estrategia se van aclarando poco a poco fragmentos de este jeroglífico. En cuanto a ti, debo reprenderte severamente por haber escuchado un diálogo en el que no estabas invitado a participar, por más que la información pueda resultarnos útil. Tanta ley de Moisés y tanto Levítico y luego te dedicas al espionaje.

—No me reprendas, *raboni*, mi intención no era espiar. Además, Yahvé es el primero en espiar, pues conoce todos nuestros actos y nuestros pensamientos.

—Yahvé no sabe nada de nada, y tú eres un maldito sofista —respondí—. Sin embargo, una vez más se nos echa el tiempo encima y si ha regresado el mensajero que envió a Jerusalén, no hay razón alguna para que hoy Apio Pulcro vuelva a aplazar la ejecución de tu padre.

Jesús se encogió de hombros y replicó:

—Esto no me preocupa. Estoy seguro de que tú puedes conseguir un nuevo aplazamiento. Nadie se resiste a tu elocuencia.

—Ni a la tuya. Pero no abuses de la adulación. Es tan eficaz que quien la usa pronto olvida otros recursos y luego, cuando falla el halago, sobreviene una hecatombe.

A pesar de esta sabia reflexión, cuando regresamos a la ciudad dejé a Jesús entre la muchedumbre congregada frente al Templo y yo entré en busca de Apio Pulcro. Del ara de los sacrificios llegaba un delicioso tufo de carne asada. El tribuno estaba en el patio, dormitando a la sombra de una higuera. Al oír mis pasos en el empedrado abrió los ojos. Me interesé por su salud y por sus ocupaciones y su rostro mostró contrariedad.

—Una vez más, Pomponio —dijo—, el hado entorpece mis planes. El emisario que envié por un empréstito ha vuelto con la suma solicitada y a estas horas la cruz ya debe de estar lista. Nada me impediría cerrar el trato, proceder a la ejecución del carpintero y regresar de una maldita vez a Cesarea. Pero, como si un dios se divirtiera poniendo obstáculos a mis planes, ha surgido una nueva complicación. Esta mañana los guardias del Sanedrín han arrestado a dos cabecillas del movimiento rebelde. Son dos mozalbetes a los que apenas despunta el bozo. Ambos, por supuesto, han negado las acusaciones, lo cual, a mis ojos, es prueba inequívoca de culpabilidad. De modo que he dispuesto que les corten la cabeza sin dilación. Una sentencia excesiva, ya lo sé. En el último momento pensaba conmutársela y demostrar al mismo tiempo mi autoridad y mi generosidad. Lo mejor para estos jóvenes alocados es enviarlos diez o quince años a galeras. Se les quitan las ganas de delinquir y con el ejercicio y el aire del mar se broncean y desarrollan una musculatura que hace perder el oremus a cualquier varón. Pero el Sanedrín se ha empeñado en darles un castigo ejemplar, lo que implica la manufactura de otras dos cruces. Según ellos, tres cruces en lo alto de un cerro es una imagen muy bien compuesta. Por mi gusto los habría mandado a paseo, pero no me puedo indisponer con el Sumo Sacerdote sin haber formalizado la compra del terreno. Estos judíos son muy estrictos en todo lo que concierne a la ley y los contratos. En resumen, un nuevo aplazamiento. Con éste ya van dos y empiezo a tener una desagradable sensación de ridículo. También lo lamento por ti, Pomponio.

—No importa. Esta ciudad brinda muchos temas de interés.

—Sí, ya me han dicho que frecuentas a la puta del pueblo. Y a la viuda del difunto. Ya me contarás tu método. Ahora bien, si te metes en líos por culpa de la lascivia, no me vengas a pedir auxilio. Bastantes preocupaciones tengo ya con los asuntos oficiales.

Sonrió por lo bajo y añadió alegremente:

—Ya que has hecho tantas amistades entre la fauna local, te interesará saber que uno de los mozalbetes detenidos es pariente de José, el manso homicida, y de tu acólito Jesús. Un rufián en ciernes, de nombre Juan, hijo de Zacarías. El otro es un tal Judá, desconocido hasta hoy en la región. Probablemente un agitador enviado por los celotes de Jerusalén. En fin, sean lo que sean, pronto dejarán de serlo.

Jesús me esperaba en la calle. En cuanto me vio me preguntó si había conseguido un nuevo aplazamiento.

—Sí, lo he conseguido —dije—, pero de un modo muy inconveniente.

Le referí la detención de su primo Juan y el castigo que le aplicarían en breve y se puso a llorar. Traté de consolarle, pero no era tarea fácil tratándose de alguien que ve inminente la ejecución ignominiosa de dos miembros de su familia.

—No te desanimes —le dije—, el tiempo sigue jugando a nuestro favor.

—El tiempo sí —respondió Jesús—, pero todo lo demás nos va en contra.

Nos habíamos apartado un poco de la muchedumbre, que se arremolinaba a la espera del anuncio de las ejecuciones, y entretenidos en nuestro fúnebre coloquio no advertimos que nos seguía sigilosamente un personaje singular, el cual, colocándose a nuestro lado, llamó nuestra atención extendiendo el remedo de una mano al extremo de un brazo esquelético. Le indiqué con un ademán desabrido que nos dejara en paz y respondió el mendigo:

—¿No te acuerdas de mí, Pomponio? Soy el pobre Lázaro. Nos vimos ayer y mi aspecto no es de los que se olvidan.

—Ah, Lázaro, que los dioses te confundan. ¿No tienes bastante con lo que te dimos de resultas de tus malas artes?

—Eso fue ayer, y a cambio de una revelación útil. Hoy traigo otra.

—La bolsa está vacía.

—Algo quedará si además de acordaros de mi humilde persona os acordáis de dos mujeres hermosas y desamparadas —dijo torciendo la boca y guiñando un ojo.

—¿Te refieres a…?

—Calla, no emitas nombres impronunciables. Y mira si tienes ocho sestercios.

—Dos.

—¿Cuatro?

—O dos, o nada.

—La otra vez me disteis más.

—Sí, pero ahora ha estallado la guerra civil y se ha hundido el mercado.

Se resignó, se embolsó las monedas que le dio Jesús, y dijo:

—Las dos mujeres cuyos nombres no conozco, ni vosotros tampoco, están en peligro. Hay un tiempo para vivir y un tiempo para morir y ahora estamos en el segundo tiempo.

—Si lo sabes de fijo, ¿por qué no avisas a los guardias del Sanedrín?

—Los guardias actúan cuando se les ordena actuar. Si no se les ordena actuar, no actúan. El resto es vanidad y yo me voy. No me conviene ser visto con forasteros. La gente es muy celosa de sus pobres.

Se fue apoyándose en el leño podrido que le servía de muleta y Jesús dijo:

—¿Qué hacemos?

—Ir en socorro de Zara la samaritana y de su hija. Volveré a hablar con Apio Pulcro y le pediré algunos legionarios para formar una expedición de rescate.

—No hará falta —dijo Jesús—, por allí veo venir a Quadrato.

El fornido legionario venía calle abajo enarbolando la insignia. Cuando nos vio vino derechamente a mí y me dijo en tono encendido:

—Eres un canalla, Pomponio. Si no me llega a despertar un sodomita griego llamado Filipo, aún estaría roncando en la villa del difunto. El tribuno me va a diezmar.

—No temas, Quadrato, pues acabo de hablar con Apio Pulcro y he elogiado tanto la inteligencia y el arrojo con que has desempeñado la misión que se nos confió, que no ha dudado en encomendarte otra de mayor riesgo, pero también de mayor gloria. Acompáñanos y apréstate al combate por el honor de Roma.

Mientras hablaba procuraba tapar con la toga al niño Jesús, cuyo rostro expresaba la máxima desaprobación por mis embustes. Por fortuna, el portaestandarte estaba concentrado en mi arenga, al término de la cual dijo:

—Si he de entrar en combate como dices, Pomponio, deberé ir a buscar el resto de la impedimenta de un soldado en campaña, a saber, una espada o *gladius* y un puñal o *pugio*, una lanza, una jabalina, un escudo, una sierra, una cesta, una piqueta, un hacha, una correa, una hoz, una cadena y provisiones para tres días.

—No te harán falta. No vamos lejos y tu valor y tu fama bastarían para poner en fuga a un ejército entero, cosa que, por otra parte, no será necesaria. En cambio sí es conveniente no perder ni un instante en digresiones.

Emprendimos un trote rápido en dirección a la casa de Zara la samaritana, precedidos por Quadrato, ante cuya presencia formidable, acompañada por el ruido de las muchas piezas metálicas que lo conformaban, la gente nos dejaba paso franco con una mezcla de temor y estupefacción. Debido a su elevada estatura, a menudo daba con el penacho del casco contra los postigos abiertos de las ventanas y en una ocasión rajó el toldo de una frutería ambulante. Aparte de estas incidencias, hubimos de interrumpir varias veces la carrera por mi causa, pues el calor del mediodía, cuando el sol está en su cenit, y los desarreglos de mi organismo me hacían resollar y trastabillar, y por tres veces di con mi cuerpo en tierra. Cuando esto ocurría, Jesús me tiraba de la manga o del faldón instándome a levantarme y a proseguir la marcha.

—Cuando seas mayor —le dije—, ya verás tú lo que es ir por un camino empinado sin que te den respiro.

CAPÍTULO XIII

A pesar de los retrasos y contratiempos, pronto avistamos la casa, pues aquí, como ya he dicho, las distancias son cortas. De lejos no se advertía nada insólito, salvo la quietud y el estar la puerta abierta de par en par. Doy unas voces y como nadie responde, ordeno a Quadrato desenvainar la espada y adelantarse a explorar el terreno. Empuñando el arma y la enseña el valiente legionario entra en la casa y reaparece de inmediato diciendo:

—No hay nadie —dijo—, o, al menos, nadie vivo. Pero todo indica que acaba de suceder un hecho sangriento.

Digo a Jesús que permanezca donde está y me precipito a ver lo sucedido. Al principio no consigo discernir nada. Luego, cuando mis ojos se han habituado a la penumbra y percibo la escena en todos sus detalles, caigo al suelo desvanecido. Cuando recobro la conciencia, veo a Jesús arrodillado junto a mí, presa de fuertes sacudidas provocadas por el terror, y a Quadrato, que se esfuerza por cubrir con un lienzo los dos cuerpos ensangrentados. Con gran esfuerzo consigo dominar mi alteración y ordeno a Jesús que salga afuera, cosa que hace sin oponer resistencia. Luego examino el lugar tratando de reconstruir lo sucedido.

En el suelo, junto a la puerta, está la llave, pero la puerta no parece haber sido forzada. Probablemente quien perpetró el crimen llamó y Zara la samaritana le abrió, tal vez porque conocía a su visitante o tal vez no, pues las mujeres de su oficio han de abrir la puerta a todo el que llama. Entonces el criminal empuja la puerta con violencia, haciendo caer la llave de la cerradura o de la mano de la mujer. Una vez dentro, lleva a término su malévola acción de un modo rápido y expeditivo, porque las muestras de lucha no van más allá de la entrada. Si Zara gritó pidiendo auxilio, nadie la oyó debido a la distancia que media entre su casa y las primeras de la ciudad. Y aunque alguien hubiera oído los gritos, al advertir su procedencia, los habría atribuido al desenfreno orgiástico y no les habría prestado atención. Quizá los gritos despertaron a la niña y entonces el asaltante, percatándose de su presencia, la mató para no ser identificado o simplemente llevado por la furia homicida.

Cuando hube concluido las pesquisas, y advirtiendo que Quadrato también rebusca por todos los rincones, le pregunto si ha encontrado algo de interés.

—No —responde—. En realidad hago esto para no faltar al deber de un soldado, pero es evidente que poco podremos saquear. Si algo de valor había, el que las mató se lo habrá llevado. Estas mujeres son codiciosas y suelen obtener regalos valiosos, a menudo por medio de la extorsión. Pero poco les duran, porque los regalos son comprometedores para quien los hizo, de modo que por las buenas o por las malas acaban regresando a manos del oferente.

—¿Conocías a esta mujer, Quadrato?

—Sólo de oídas. Cuando un soldado llega a una población lo primero que pregunta es dónde están las putas. Me hablaron de ésta, pero sus emolumentos eran demasiado elevados para la exigua paga de un legionario. Y como no había otra cosa disponible, opté por masturbarme leyendo la *Guerra de las Galias*.

—Yo sí tuve trato con ella. Por su hermosura y temperamento era divina entre las diosas —dije—. Según me contó, tenía por costumbre cambiar de población con cierta frecuencia. En esta ocasión tardó demasiado. O algún motivo poderoso la retuvo más tiempo del aconsejable. Pobre mujer.

—No te apenes, Pomponio. Las hetairas suelen acabar así. Tratan a muchos hombres y con el tiempo acaban almacenando demasiado secretos. En mi pueblo las matan para que no engorden. También es posible que haya sido un bandido o un simple vagabundo. Sea como sea, convendría salir de aquí. La sangre está fresca, quien hizo esto todavía puede merodear por las proximidades, y si se le ocurre volver y nos ataca, prefiero estar fuera. Si es uno solo, no habrá problema. Pero si son varios, es mejor hacerles frente en campo abierto, donde podamos desplegarnos en orden de batalla. Yo ocuparé el centro y tú puedes elegir el ala derecha o la izquierda.

—Antes deberíamos incinerar los cuerpos. O enterrarlos. No es piadoso dejar que sean pasto de las alimañas.

—No hay tiempo de hacer una pira y no tenemos instrumentos para cavar. Regresemos, Pomponio. Aquí ya no podemos hacer nada. Daremos parte de lo sucedido al tribuno y al Sanedrín y ellos se ocuparán de las exequias.

En parte por sus argumentos y en parte para no dejar solo a Jesús, hice lo que decía Quadrato. Jesús nos esperaba en el prado. Ajusté la puerta de la casa y emprendimos tristemente el camino de regreso.

Anochecía cuando llegamos. Quadrato fue a reunirse con los suyos y yo acompañé a Jesús a su casa. Nos recibió María, nos hizo entrar apresuradamente y cerró la puerta a sus espaldas. En torno a la mesa familiar estaban sentados José y una pareja de ancianos. El hombre peroraba con agitación y la mujer asentía con tanta lealtad como poco convencimiento. Al advertir mi presencia calló el anciano y me miró con desconfianza. José le indicó por señas que podía seguir hablando, pero el anciano se encogió de hombros y afirmó haber dicho cuanto quería decir. Me fui a un rincón y Jesús, colocándose a mi lado, me susurró al oído:

—Son mis tíos, Zacarías, del grupo de Abías, e Isabel, los padres de Juan, a quien ya conoces. Zacarías se quedó mudo una temporada. Luego Yahvé le devolvió la voz y ahora no hay quien le haga callar. Isabel cuidó de mi madre durante el embarazo.

En aquel momento oí decir a José con su habitual aplomo:

—El Sumo Sacerdote no nos ha dado autorización para desobedecer. Nos han enseñado a cumplir la ley y es demasiado tarde para proceder de otro modo.

—Una cosa es cumplir la ley —repuso Zacarías— y otra soportar las injurias mansamente. Moisés nos dio las leyes, pero también nos dio su ejemplo, rebelándose contra las injusticias del Faraón y guiando al pueblo de Dios en la conquista de la tierra prometida. Moisés nos enseñó a no ser un pueblo de esclavos, sino un pueblo guerrero y orgulloso.

José puso las manos sobre la mesa y fijó la mirada en ellas. Luego, en un tono de voz pausado y firme, dijo:

—Me sorprende oír estas palabras de tu boca, Zacarías. ¡Orgullo y guerra! Éstos han sido nuestros mayores pecados. El orgullo nos ha conducido ciegamente a la guerra. Hemos antepuesto el orgullo a la cordura y por creernos mejores hemos derramado sangre inocente. ¿Y adónde nos han conducido tanto orgullo y tanta guerra? Al sufrimiento, a la diáspora y a la humillación. Nunca más. ¿Acaso no dijo el profeta: No vociferará ni alzará el trono ni hará oír en las calles su voz?

Advertí que Jesús ya no estaba a mi lado. Miré a María y ella señaló hacia el patio con un movimiento de cabeza. Fui allí y lo encontré sentado en el banco, balanceando las piernas, mirando al cielo estrellado y llorando desconsoladamente.

—No llores —le dije sentándome a su lado—. Los hombres no deben llorar. ¿Sabes por qué? Porque es signo de debilidad y la debilidad invita al abuso o a la compasión, dos cosas dignas de ser evitadas.

Se enjugó las lágrimas y yo proseguí diciendo:

—Ya te advertí en su momento que no debías hacerte ilusiones con esa clase de mujeres. No obstante, comprendo tu dolor y en buena medida lo comparto, pues, a pesar de mi razonamiento, también yo me sentía atraído por aquella mujer dulce e infortunada. Ya ves, si nuestros deseos se hubieran cumplido, yo me habría podido convertir en tu suegro. Pero el hado ha dispuesto que nuestras vidas tomaran otros derroteros, y ¿quién es el hombre para oponerse a los dictados del hado?

—¿Todo lo que ocurre, ocurre por voluntad de Dios, *raboni*?

—No lo sé. Pero si es así, debemos perdonarle, porque Dios o los dioses del Olimpo no conocen el dolor de perder a las personas queridas, y esto los hace inferiores a nosotros.

Jesús me miró intensamente y exclamó:

—¿Eso que dices no es una blasfemia?

—Seguramente sí. Blasfemar es otro privilegio privativo de los hombres. No sirve para mucho, pero, en ocasiones como la presente, no viene mal.

Jesús inclinó de nuevo la cabeza y guardó silencio. Al cabo de un rato preguntó:

—Pero algún día volveremos a verlas, ¿verdad, *raboni*? Quiero decir que todos nos volveremos a encontrar en la vida eterna. Porque está escrito que el alma es inmortal.

—De las muchas cosas escritas, muy pocas están verificadas. Sócrates estaba convencido de la inmortalidad del alma, así como Platón. Pero en esto, con toda humildad, disiento de tan grandes maestros, por las razones que a continuación expondré. Ante todo, partamos del supuesto de que el hombre se compone de dos partes bien diferenciadas, esto es, la materia y el espíritu, o, lo que es lo mismo, el cuerpo y el alma. El alma es lo que infunde vida al cuerpo, de tal modo que cuando lo abandona, el cuerpo deja de funcionar y decimos que el hombre a quien pertenecía ha muerto. En cambio el alma sí puede existir sin el cuerpo, como demuestra el hecho de que cuando el cuerpo está inanimado, ya cuando duerme, ya cuando por alguna otra causa ha perdido el conocimiento, el alma lo abandona y va a su antojo, liberada de toda atadura, por lo que puede salvar las mayores distancias en un instante, incluso desplazarse en el tiempo, transmutarse en otra persona sin perder por ello la conciencia de su propia identidad, y tener contacto con seres vivos o muertos, humanos o animales, incluso con monstruos o quimeras, así como acometer hazañas que el cuerpo sería incapaz de realizar, o disfrutar de deleites que al cuerpo le resultarían inalcanzables, por no hablar de todo tipo de perversiones. A estas experiencias las llamamos sueños. No obstante, si los analizamos un poco, veremos que en estos episodios el alma obtiene más pesares que alegrías, a menudo sufre persecuciones, opresiones, angustias y tristezas, y se halla siempre en un estado de gran confusión, como si hubiera perdido el juicio. Por eso, al cabo de muy poco tiempo, regresa al cuerpo y lo despierta con gran prisa y agitación, y cuando de nuevo se une a él, se tranquiliza y experimenta tal bienestar que los problemas y molestias de la vida real le parecen nimios en comparación con los apuros que ha pasado en sus correrías. Y si es así, ¿qué sucederá si después de la muerte el alma se ve obligada a vagar eternamente, sabiendo que nunca podrá regresar al cuerpo que la contuvo, puesto que éste se ha reducido a polvo? Por esta razón, muchos pueblos embalsaman y momifican a sus muertos, procurando conservar lo mejor posible el cuerpo, para que el alma no se vea del todo privada de él. Pues si bien el alma, por su capacidad, parece pertenecer al mismo orden natural que los dioses, en realidad es inferior al cuerpo, y está subordinada a él, y sólo con él consigue protección y sosiego. Por todo ello, no me parece lógico que los dioses nos hayan condenado a un suplicio semejante, y prefiero creer que una vez apurados los trabajos y sinsabores de esta vida, cuando nuestro cuerpo deje de sentir, el espíritu también encontrará su descanso regresando a la nada en la que estaba tan plácidamente antes de haber nacido.

Hice una pausa y concluí diciendo:

—Hoy ha sido un día fatigoso, ya es tarde y hemos de descansar. Entra y acuéstate, que yo me ocuparé de las cosas que todavía están a nuestro alcance.

Cuando volví a entrar, Zacarías y su esposa se disponían a partir.

—Yo también me voy —dije— y si mi compañía no os incomoda, podemos ir juntos. No conozco la ciudad y de noche me puedo perder. En cambio, no estoy tan caduco como vosotros. Quizás podamos ayudarnos mutuamente.

Los dos ancianos me miraron con desconfianza. Intercedió María diciendo:

—Pomponio es un amigo. Id tranquilos. Además, siendo romano y del orden ecuestre, las patrullas no se atreverán a molestaros.

Salimos los tres y empezamos a caminar muy despacio. Soplaba un viento seco que levantaba torbellinos de polvo y traía olor a hierba y a camello.

—¿Es tu primera visita a Israel, Pomponio? —preguntó cortésmente Zacarías para romper el silencio.

—En efecto —respondí—, y me parece un lugar muy agradable.

—¿Agradable? No. Es la tierra prometida, amigo gentil. ¡La Tierra Prometida! Lo malo es que nadie sabe en qué consiste la promesa ni cuándo se cumplirá. Y mientras tanto, va pasando el tiempo y vamos perdiendo paulatinamente la esperanza. La gente joven se impacienta. Unos emigran a Roma, bien a la metrópolis, bien a las provincias más ricas, y allí abjuran del dios de sus antepasados y ofrecen sacrificios a los ídolos, procuran por todos los medios asimilarse a la gentilidad y se avergüenzan de su pueblo y de su nariz. Otros se quedan de mala gana y quieren resolver los problemas por su cuenta y sin tardanza, en vez de esperar al Mesías, que lo arreglará todo en un decir amén.

—Por tu tono, oh venerable Zacarías, intuyo que además de la esperanza has empezado a perder la fe —dije.

—Oh, no. Todo lo contrario. Estoy persuadido de que el verdadero Mesías se manifestará dentro de muy poco. Otra cosa es que la gente sepa reconocerle y comprender su mensaje. Porque no vendrá como un guerrero poderoso, sino como un maestro cuyas enseñanzas iluminarán el camino a judíos y gentiles por igual. Él nos traerá la paz.

Entretenidos en este diálogo el trayecto se nos hizo corto. Sólo en una ocasión nos detuvo una patrulla y al instante nos dejó seguir advirtiendo nuestro aspecto inofensivo. A la puerta de su casa, Isabel me dio instrucciones sobre la manera de llegar a la mía y nos despedimos. Había andado unos pasos cuando oí su voz de nuevo. Retrocedí y me preguntó si había cenado. Le dije la verdad y me invitó a entrar. Era muy de agradecer, siendo yo romano y por consiguiente compatriota de quienes se disponían a ejecutar a su hijo.

Mientras dábamos cuenta de unos sencillos y frugales alimentos, comentamos los sucesos de la jornada. Les referí la muerte de Zara la samaritana y de su hija. El viejo cascarrabias escuchó la historia atentamente y después de reflexionar un rato, dijo:

—Nunca había oído hablar de esa mujer. Ni siquiera de joven frecuenté la compañía de pecadoras. No me arrepiento de haberme abstenido de contactos impuros, pero ahora, cuando la ancianidad cubre el pasado con el manto de lo irremediable, a veces pienso que en alguna ocasión Dios habría sido misericordioso mirando hacia otra parte. En fin, alabemos al Señor y no divaguemos. Lo que quería decir era esto: que lo que me cuentas me ha recordado la historia de Amram.

Le rogué que me la refiriera y lo hizo Zacarías del siguiente modo:

—Con gusto atenderé tu ruego, amigo gentil, aunque mi capacidad para los nombres y los datos ya no es la de mis años mozos. Amram era rey de Edom o de Moab o de un lugar parecido. Cuando supo llegado el término de sus días, llamó a su primogénito y le dijo: Hijo mío, has de saber que desde hace muchos años tengo una concubina a la que siempre he amado con todo mi corazón. Cuando yo muera, quiero que te hagas cargo de ella y la proveas de lo necesario para su sustento. Prométeme que así lo harás. El primogénito prometió cumplir la voluntad de su padre y salió de la habitación. Entonces Amram llamó a su hijo menor y le dijo: Hijo mío, hace años que tengo una concubina a la que he amado mucho. Cuando yo me muera, ve a su casa y mátala. De este modo cumplió con su deber de hombre bueno y tierno amante y, al mismo tiempo, con su deber de rey, eliminando a quien pudiera de algún modo obstaculizar la sucesión. Ahora no te sabría decir si los hijos cumplieron el encargo o no, porque el resto de la historia se me ha borrado de la memoria, pero mañana, cuando vaya a la sinagoga, consultaré las Escrituras.

Concluida la parva cena, y después de reiterar profusamente mi agradecimiento a los dos ancianos, emprendí el regreso a mi alojamiento. La calle estaba desierta y en el silencio de la noche el viento traía el ruido de las armas y los pasos de las patrullas en el empedrado. El mismo viento disipaba la peste de mis constantes ventosidades. Este grosero detalle, bien lo sé, no incrementa el mérito del relato, pero soy un estudioso de la Naturaleza y sus fenómenos, no de la Poesía y sus formas, y he creído que, de haber estado en mi lugar, ni Arquímedes, ni Tales de Mileto, ni Estrabón, en sus doctos tratados, habrían omitido por motivos estéticos esta incidencia.

Cuando llevaba caminado un trecho, tuve la sensación de ser seguido. Me di la vuelta y me pareció percibir una sombra que desaparecía en una esquina. Pensé que tal vez era el pobre Lázaro en busca de limosna a cambio de información. Luego, viendo que mi seguidor ni reducía la distancia ni desistía de su empeño, recordé el sangriento suceso vivido aquel mismo día y el truculento relato de Zacarías y tuve miedo. Impelido por este sentimiento, empiezo a caminar más deprisa, doblo una esquina, después otra y finalmente, confiando en haber desorientado a mi seguidor, me oculto en un soportal. Al cabo de un rato, salgo y trato de rehacer el camino, pero no lo consigo. No sólo me he extraviado, sino que ni siquiera he conseguido librarme del hombre que me sigue, cuya silueta amenazadora se alza ante mi vista. Doy un paso atrás, tropiezo y caigo al suelo. El hombre se me acerca, se inclina sobre mí y dice:

—No grites, Pomponio, y dame la mano. No te haré ningún daño.

—No sé quién eres —respondo.

—Soy el joven Mateo, hijo del difunto Epulón. Ayer nos vimos en casa de mi padre y te quise matar.

—Ya me acuerdo, y en verdad el recuerdo no me tranquiliza.

—Pues debería tranquilizarte. Llevo espada y daga, si te quisiera matar, te habría matado ya o te estaría matando ahora. Es un argumento *a contrario sensu*. Me lo enseñaron en Grecia.

—Entonces, ¿para qué me sigues?

—Para dialogar. ¿Está cerca tu alojamiento? No debo ser visto por los guardias del Sanedrín.

Con el ánimo sereno y después de dar unas vueltas, llegamos a la casa de la viuda desdentada, entramos y fuimos al establo donde estaba mi jergón. Una lámpara de aceite proyectaba escasa luz. Aun así, advertí que el joven Mateo presentaba un aspecto demacrado. Esperé en silencio a que él hablase. Finalmente dijo:

—Sé que has estado en casa de Zara la samaritana.

—Llegué tarde. ¿La mataste tú?

—No, ¡qué disparate! Yo la amaba. Zara y yo éramos amantes y tenía pensado desposarla en breve, aun a costa de perder la herencia.

—¿Eras amante de la concubina de tu padre?

—Mi padre no tenía nada que ver con ella —dijo el joven Mateo—. En la ciudad corrían rumores de frecuentes visitas. Mi padre le hizo alguna, por motivos distintos a los que la gente cree. Las demás las hice yo, revestido de la túnica carmesí de mi padre. Al amparo de la noche la confusión era inevitable. También hice correr el rumor de mi adhesión a la causa nacionalista a fin de justificar mis ausencias, mi conducta y la cuantía de mis dispendios.

—¿Por qué tanto secreto? A tu edad y con tu posición, tener amante es lo habitual. Hembra o varón es potestativo.

—A mi padre no le habría importado que conociera mujer, pero yo quería contraer nupcias con Zara y él nunca habría aprobado una relación legítima con una pecadora pública. Además, en una ocasión reciente, sin saber nada de mi trato con Zara la samaritana, mencionó su nombre para prohibirme expresamente cualquier contacto con ella. No me dio ninguna razón ni Zara quiso despejar mi ignorancia cuando le conté la conversación. De su silencio deduje que Zara conocía un secreto concerniente a mi padre y mi padre temía que ella pudiera revelármelo si yo acudía a su casa.

—¿Alguien conocía vuestra relación?

—Sólo Berenice, mi hermana que no es mi hermana. Por supuesto, la desaprobaba, pero su afecto por mí le impidió revelar el secreto, ni siquiera a su madre.

—¿Cuándo viste a Zara por última vez?

—El día que vinisteis por primera vez a la casa de mi difunto padre. Alertado y espoleado por vuestra curiosidad, fui a su encuentro y ya con ruegos, ya con amonestaciones, le pedí una vez más que revelara lo que sabía de mi padre, pero Zara persistió en su negativa. Parecía atemorizada. Me rogó que me fuera y no volviera a verla en unos días, hasta que ella me hiciera llegar un mensaje que pusiera fin a la separación. Obedecí a regañadientes y hoy, incapaz de pasar una hora más sin verla, volví a su casa. Por desgracia, alguien había estado antes allí con otras intenciones y ella se había llevado el secreto a la Gehena.

—¿Cuánto tiempo ha durado vuestra relación?

—No lo he calculado. Por mis circunstancias particulares manejo varios calendarios y me confundo sin remedio. Recuerdo en cambio el momento y las circunstancias de nuestro primer encuentro. Yo aún no había conocido mujer. Sólo aves de corral. Una mañana la vi casualmente en el mercado, me impresionó su belleza, le hablé osadamente y ella, para mi alegría, respondió con palabras aladas. Debo decir que Zara nunca me ocultó su verdadera condición. Quiero decir su oficio. Sin embargo no se comportó jamás con la negligencia y la frialdad de una pecadora profesional, sino todo lo contrario. Con ternura y maestría me demostró el error de Onán. Y muchas otras cosas. No es menos cierto que yo reciproqué sus atenciones con abundantes dádivas en metálico y en especies.

—Convengo contigo en lo que se refiere a su abnegado modo de actuar, del que yo también fui fugaz recipiendario. Pero todo lo que me cuentas no nos ayuda a resolver el enigma. Porque estoy convencido de que su muerte guarda estrecha relación con la del rico Epulón. Por este motivo hemos de hacer un esfuerzo para recordar todo cuanto sabemos de ella y cuanto ella nos dijo. Mi relación fue brevísima, pero algunas cosas alcanzó a contarme. Por ejemplo, que había habitado en varios lugares antes de afincarse en Nazaret. Tal vez en uno de esos lugares coincidió con Epulón, pues éste viajaba con regularidad. O con José el carpintero en su hermético pasado. Mañana hablaré con él, a ver si consigo arrancarle de su mutismo. O con su mujer. Parece más inteligente y más locuaz. Tú, oh infeliz Mateo, trata también de recordar alguna cosa referente a Zara la samaritana, poniendo especial atención en la cronología y en la toponimia. Luego nos reuniremos de nuevo e intercambiaremos nuestras averiguaciones. Ahora, vete. Es tarde y necesito dormir.

—¿Puedo quedarme contigo? Me siento muy solo y soy buena compañía. Estudié en Grecia.

—Entonces sabrás que el mejor remedio en el desconsuelo es la filosofía. Vete y extrema las precauciones.

No sé a quién nos enfrentamos, pero quienquiera que sea, no se detiene ante nada. Eres valiente, fogoso y seguramente hábil en el manejo de la espada. Tres razones poderosas para apuñalarte por la espalda. Ah, una cosa más: ¿conoces la historia del rey Amram?

—No —repuso el joven Mateo—, ¿tiene algo que ver con el caso?

—No lo sé —repuse yo.

CAPÍTULO XIV

Dormí mal y antes de que la Aurora se alzara del lecho de Titonio me levanté y salí a la calle, donde fui saludado por los gruñidos de unos perros sarnosos que rebuscaban entre los escombros. Seguí caminando por la ciudad vacía hasta rebasar su perímetro. La neblina se alzaba sobre los campos de trigo mecidos por la brisa y se oía el canto de la alondra. Finalmente me encontré ante la casa que había sido de Zara la samaritana. La puerta seguía entreabierta. Empujé y entré. Los cuerpos habían desaparecido, enterrados por los guardias del Sanedrín o por ciudadanos piadosos. Me tendí en el lecho y dejé vagar el pensamiento, hasta que creí percibir un lamento, y, al dirigir los ojos hacia el lugar de donde procedía, creí entrever a Zara la samaritana, como una sombra pálida entre las sombras. Como no creo en apariciones ni visitas de ultratumba, tuve por cierto ser mi aflicción la que convocaba aquel espectro, pero aun así no pude evitar las lágrimas y con voz entrecortada dije:

—Oh, tú, infeliz entre las mujeres, ¿acaso has venido a revelarme la identidad de la persona que puso fin a tus breves días? Porque si es así, hazlo pronto, antes de que Hades vuelva a reclamarte, y yo te juro por todos los dioses, los tuyos y los míos, falsos o verdaderos, que no cejaré hasta dar con ella y hacerle pagar su crimen. Y si no es venganza lo que buscas, dime, ¿a qué has venido?

Pero la amada sombra persistía en mantener la mirada fija en el suelo, en vista de lo cual agregué:

—Es posible que sólo te sea permitido aparecer ante mis tristes ojos y no comunicarte conmigo por medio de la palabra, o que, en fin de cuentas, sólo seas fruto de mi imaginación, pero aunque así sea, no permitiré que emprendas el odioso sendero que conduce a la noche profunda sin haberte dicho…

Pero ya su figura se desvanecía como se oculta la luna entre las nubes y su desconsolado lamento fue sustituido por una voz desagradable que decía en tono altanero:

—El necio de Pomponio está peor que la última vez que le vimos. Si me hubieras dejado aplicarle un remedio expeditivo, seguramente se habría ahorrado esta adversidad.

—Dime, pues, cuervo presuntuoso —respondió otra voz sarcástica— de qué modo habría evitado la muerte de la mujer amada.

—De ningún modo, zorra incisiva —repuso el cuervo—, pero la habría aceptado con resignación. Cuando al cuerpo le dan por el culo, el espíritu revierte en la metafísica. Así lo afirma Parménides en un texto que, por desgracia, se ha perdido.

A sabiendas de estar sumido realmente en un sueño, pugné por regresar al mundo consciente. Cuando lo conseguí, vi un cuervo que me miraba con el recelo propio de las aves. Comprendí que un cuervo vulgar había entrado por la ventana en busca de comida. Lo ahuyenté y el cuervo emitió un graznido y salió volando. Al hacerlo dejó caer al suelo un objeto metálico que llevaba en el pico. Reconocí la llave de la puerta que la víspera había encontrado en el suelo. La recogí y con la manga de mi toga procuré eliminar el contacto de aquel inmundo animal. Luego quise introducirla en la cerradura, pero por más que probé distintas posiciones, no logré que encajara. Finalmente hube de admitir que la llave pertenecía a otra puerta. En aquel momento se me hizo la luz. Lancé una exclamación y salí de la casa precipitadamente. La luz del día me deslumbró, di un paso, tropecé con algo y a punto estuve de caer.

—¿Qué haces tú aquí? —exclamé irritado.

—Fui a buscarte a tu alojamiento —dijo Jesús— y al ver que no estabas supuse que habrías venido a este lugar. ¿Adónde ibas con tanta prisa? ¿Y por qué gritabas *eureka*?

—Por nada. Y voy a un lugar al que tú no puedes venir. Déjame tranquilo. Ya estoy cansado de tu compañía y de tus preguntas. A partir de ahora, lo que haya de hacer, lo haré solo.

Mientras decía esto en tono tajante, me iba alejando. Jesús me seguía, pero lo fui dejando atrás, hasta que se convenció de lo inútil de su persecución y se detuvo. Yo no, y llegué sin aliento al mercado, donde ya reinaba una intensa actividad. Entre la gente y las bestias busqué al pobre Lázaro, convencido de que andaría mendigando. No me costó dar con él.

—Lázaro —le digo—, necesito tu ayuda.

—¿Cuánto me pagarás? —responde.

—¿Sólo te mueves por interés?

—La pobreza es mi negocio y no soy negligente. ¿Para qué me quieres?

—Llévame al lugar donde está enterrado el rico Epulón, sin perder un instante y sin hacer preguntas. Si cumples bien tu cometido, te daré cinco denarios. Es mucho, pero no me importa gastarlo en aras de una buena causa. Ahora bien, si en vez de ayudarme me traicionas o tratas de engañarme, te arrepentirás. Antes me has visto en compañía de un legionario. Está a mis órdenes y tiene instrucciones de cortarte las dos manos y las dos piernas si algo me ocurre. Y las orejas. Tú sabrás lo que te conviene hacer.

Medita un rato apoyado en su andadera y luego dice:

—No creo nada de lo que has dicho: no tienes cinco denarios y Quadrato te busca para retorcerte el pescuezo por haberle engañado dos veces. Pero te llevaré adonde quieres ir sin pedir nada a cambio. Yo también tengo una deuda pendiente con Zara la samaritana. En una ocasión fui a su casa a pedir limosna. Ella vendó mis heridas echando en ellas aceite y vino. Luego me dio de comer y de beber. Yo le prometí corresponder a su caridad, pero nunca se me presentó la ocasión de cumplir mi promesa. El resto es vanidad y atrapar viento.

Muy despacio por la suma de nuestras flaquezas, recorrimos la ciudad en dirección opuesta y salimos por un lugar hasta entonces desconocido para mí. Allí el campo era yermo, la tierra blanquecina y cuarteada. Entre breñas crecían cardos y abrojos y en el cielo broncíneo los grajos describían círculos siniestros. Pronto aparecieron a los lados del sendero lápidas torcidas, rotas, que indicaban la presencia de tumbas a cuyos ocupantes había sido negada la entrada en el cementerio: criminales, perjuros y adoradores de divinidades adventicias y deleznables. Las inscripciones, en runas indescifrables, alfabetos foráneos o jeroglíficos extraños, estaban medio borradas por la lluvia, el viento y la profanación. Algunas presentaban signos de haber sido escarbadas por los perros, de resultas de lo cual podían verse huesos esparcidos, resecos por el sol. Más adelante, dispuestas con cierto orden, había tumbas griegas y fenicias y en una loma se alzaban las altas torres rectangulares donde los nabateos entierran a sus muertos.

Finalmente llegamos al cementerio judío, donde reina la soledad, pero no la desolación. En lugar de maleza crecen plantas aromáticas y los sepulcros están limpios y enteros.

Lázaro me conduce ante una cueva cerrada por una gigantesca piedra circular a modo de losa, en torno a la cual la tierra presenta signos de haber sido removida recientemente, y pregunta:

—¿Qué querías ver?

—Lo que hay dentro —respondo.

El pobre Lázaro se lleva a la cabeza sus sarmentosas extremidades y exclama:

—¿Has perdido el juicio? No se pueden violar las sepulturas. Y aunque se pudiera, ¿cómo piensas mover esta piedra?

—Tienes razón. Habremos de confiar nuevamente en la mudable Fortuna.

Indico a Lázaro un grupo de lúgubres cipreses sobre un promontorio y él se dirige hacia allí mientras yo examino la piedra que clausura el sepulcro en busca de intersticios. No habiéndolos hallado, me reúno con el pedigüeño y nos tendemos a esperar el desarrollo de los acontecimientos. Por curiosidad o para hacer más llevadero el acecho, Lázaro me cuenta sus enfermedades y yo logro conciliar un sueño reparador, del que me saca su repentino silencio. Antes de poder formular una pregunta me cubre la boca con su mano corrompida y con el dedo que conserva en la otra me impone silencio. Me incorporo y veo tres figuras fantasmales avanzar entre las tumbas del cementerio. La del medio parece, por sus formas, una mujer, cubierta enteramente por un velo púrpura bordado en oro. Las otras dos corresponden a hombres corpulentos, posiblemente gladiadores, vestidos con túnicas negras. Uno lleva en las manos un arca ricamente labrada; el otro carga al hombro un saco irregular, en cuyo interior se agita un animal pequeño destinado al sacrificio.

La comitiva se detiene ante el sepulcro del rico Epulón. La mujer se arrodilla, pronuncia una fórmula ininteligible y da tres veces con la cabeza en tierra. Luego, a una señal suya, los hombres unen sus esfuerzos para separar la losa, dejando una abertura por donde los tres penetran en la cueva.

—Ya tenemos el camino expedito —digo a mi acompañante—. Acerquémonos con sigilo.

—¿No será peligroso? —pregunta el pedigüeño.

—Seguramente sí. Pero ahora no podemos abandonar la empresa. Te diré lo que haremos: tú vuelve a la ciudad, acude al Templo y di de mi parte a Apio Pulcro que venga con sus soldados. Dile que esto redundará en su fama y también en su peculio. Tal vez este pensamiento le mueva. Ve corriendo.

—No soy una gacela, Pomponio. Además, tanto ajetreo...

—Diez denarios.

Empuña las muletas y se va renqueando entre las lápidas. Cuando se ha ido salgo de mi escondite y me deslizo hasta la boca del sepulcro de Epulón, desde donde puedo atisbar parte de una amplia cueva labrada en la montaña, en el centro de la cual, sobre una plataforma, reposa un sarcófago. A la luz mortecina de una antorcha distingo esparcidas por el suelo vasijas de terracota de distintos tamaños.

Mientras yo observo, la sacerdotisa sigue recitando su letanía arrodillada delante del sarcófago. Cuando ha concluido esta parte de la ceremonia, uno de los hombres que la acompañan abre el arca y de ella extrae un cuchillo largo. El otro deposita en el suelo el saco que contiene a la víctima propiciatoria y desanuda la cuerda que lo cierra. Entonces advierto que la víctima no es, como yo había supuesto, un corderito u otro animal doméstico, sino el niño Jesús en carne y hueso.

Si todavía estás ahí, Fabio, te harás cargo de mi sorpresa y mi desconcierto. Y también te harás cargo de que en semejante situación lo único que podía hacer era salir huyendo con presteza. Pero cuando me disponía a retroceder para alejarme de la boca del sepulcro, sea por causa de los nervios, sea por un capricho de la veleidosa Fortuna, la molesta enfermedad que ha dado origen a este relato y cuyos síntomas se manifiestan de tanto en tanto, sin advertencia previas y con enfado del oído y el olfato, reapareció de un modo inesperado y, por Hércules, muy tumultuoso.

Advertidos la sacerdotisa y sus secuaces de la presencia de un extraño, vinieron éstos sobre mí, me dieron alcance, me arrojaron al suelo, me ataron de pies y manos y me condujeron al ara de los sacrificios, con gran alegría de Jesús, que exclamó al verme:

—¡Estaba seguro de que vendrías a salvarme, *raboni*!

No quise desengañarle respecto de mis intenciones y me limité a preguntarle cómo había venido a parar a semejante lugar y a una posición tan comprometida.

—Cuando me abandonaste en el camino —respondió Jesús—, decidí seguir investigando por mi cuenta y me encaminé a la villa del rico Epulón. Cerca ya de la casa vi salir de ella a estas personas y traté de ocultarme, pero fui descubierto, apresado y traído aquí para ser ofrecido en sacrificio en virtud de no sé qué rito. ¿Y tú? ¿Cómo me has encontrado y de qué modo has pensado resolver nuestro problema, *raboni*?

—¡Silencio! —dijo la sacerdotisa—. Las víctimas no están autorizadas a hablar durante la ceremonia. Ni después —añadió con sorna mientras me mostraba el cuchillo de matarife.

—No puedes sacrificarnos —dije apresuradamente—. Al menos a mí. Soy ciudadano romano, del orden ecuestre. Por añadidura, esta mañana he comido cerdo. Y crustáceos. Soy execrable a los ojos de Yahvé.

—Pero no a los de Ishtar, también llamada Astarté, diosa del amor y de la guerra, de la fecundidad y de la muerte.

—Aunque vas enteramente cubierta —repliqué—, te habría reconocido por tus formas, sobre todo de espaldas, y ahora tu voz no me deja duda acerca de tu identidad. Tú eres Berenice, de ruborosas mejillas, hija del difunto Epulón. Y si estoy en lo cierto, dime qué haces ofreciendo sacrificios a una deidad asiria. ¿Acaso no te educaron en la religión de Moisés?

—Sólo en apariencia —repuso Berenice—. Mi madre, en secreto, me instruyó en el culto a Baal. Mi madre también es judía, pero renegó de Yahvé y adoraba a los ídolos babilonios. Si lees las Escrituras verás que es una constante de nuestra raza, a pesar de las advertencias de los profetas y de las maldiciones del propio Yahvé. Esta mala costumbre nos ha ocasionado muchos contratiempos, pero no la podemos evitar.

—¿Y tu padre? ¿Acaso Epulón también había renegado de la fe de sus antepasados?

—No. Mi padre era de ideas anticuadas.

—Sin embargo, por lo que puedo apreciar, este sarcófago es idéntico a los utilizados por los nobles egipcios en sus ceremonias funerarias. Y lo mismo cabe pensar de estas vasijas, destinadas a contener alimentos y agua para sustento del muerto en su viaje al más allá.

—No había caído en ese detalle —admitió Berenice—. Mi padre viajaba con frecuencia, como todo comerciante. Tal vez en Egipto adquirió antigüedades, entre las que se encontraba el sarcófago, al que tenía en mucha estima, pues había dispuesto que se le sepultara en él cuando llegara su hora.

—Lamento disentir de nuevo, pero a mí me parece un sarcófago recién hecho. Observa la madera, todavía fresca, así como las inscripciones. Es un sarcófago común, como los que venden en cualquier establecimiento funerario de Alejandría.

—Da lo mismo. No estamos aquí para valorar sarcófagos, sino para hacer sacrificios ante la tumba de mi padre a fin de evitar que su alma se reencarne en un animal inmundo. O en un griego. Y ya hemos perdido demasiado tiempo. Inclinad la cerviz.

Comprendí que había llegado nuestro fin y traté de cubrirme el rostro con el borde de la toga para morir con la dignidad de un ciudadano romano de primera categoría, pero ni siquiera esto conseguí, pues tenía las manos atadas a la espalda. Vi que la sangrienta sacerdotisa levantaba el puñal, cerré los ojos y en aquel preciso instante oí una voz estentórea que gritaba:

—¡En nombre del Senado y del Pueblo Romano, salid del sepulcro y entregad las armas!

Esa conminación vino acompañada del ruido inconfundible de las lanzas al chocar con los escudos, las corazas y las grebas. ¡Por Hércules! Era Lázaro, que regresaba con los refuerzos solicitados.

En un abrir y cerrar de ojos, los esbirros fueron desarmados y atados de pies y manos, al igual que Berenice, a la que por añadidura los soldados, en virtud del derecho al expolio, despojaron de sus ropas sacerdotales para sortearlas entre ellos, dejando expuestos sus cándidos brazos, así como el resto de su anatomía, a la curiosidad y escarnio de los presentes, hasta que Jesús, movido a compasión, arrancó a Lázaro uno de sus infecciosos harapos y lo arrojó sobre los hombros de la joven.

Mientras esto ocurría, pregunté a aquél cómo había podido salvar la distancia que mediaba entre el cementerio y el Templo, persuadir al tribuno de acudir en nuestro socorro y presentarse allí en un tiempo tan escaso. Lázaro encogió sus huesudas clavículas y dijo:

—Ni yo mismo te lo sabría explicar, Pomponio, pues a poco de andar, viendo que sólo me había alejado unos pasos del cementerio y todavía me faltaban varios estadios por recorrer, sintiendo agotadas mis fuerzas y considerando que vuestra suerte me traía sin cuidado, decidí renunciar a la empresa y me senté a descansar al borde del camino. Entonces se levantó un viento tan fuerte que ni agarrándome a un roble leñoso pude resistir su envite. De este modo fui transportado, como hoja seca que mece el céfiro, hasta el límite exterior de la ciudad, donde fui depositado suavemente en tierra.

Aún no me he recuperado de mi asombro cuando veo venir a unos soldados pertrechados como para una batalla y precedidos por el propio tribuno a caballo. Luego me entero de que éste, desconfiando de la holganza, que engendra rebelión entre la soldadesca, ha decidido súbitamente llevar a sus hombres a un descampado para hacerles realizar allí ejercicios marciales. Le informo de lo sucedido y él, tras refunfuñar un rato, da orden de venir al cementerio a paso ligero. De este modo llegamos a tiempo de impedir vuestra inmolación.

—De lo cual —dijo Apio Pulcro—, estoy arrepentido, pues son incontables las molestias que me habéis ocasionado entre todos. Y ahora, ¿puedes explicarme, Pomponio, qué hacíais aquí, quién es esta gente y a quién pertenece esta tumba?

—Te lo aclararé todo, oh Apio, si me prestas atención —respondí—. Esta hermosa muchacha de cándidos brazos es Berenice, hija del difunto Epulón y, a escondidas de todos, sacerdotisa de la diosa Ishtar. Los que la acompañan son, bien esbirros de la secta herética, bien criados de la familia, de los que se ha hecho escoltar para venir a este lugar y también para retirar la losa de la sepultura del rico Epulón, que es donde estamos, y éste es su sarcófago, que había venido a abrir para examinar su interior y con el resultado de este examen verificar mis suposiciones.

—¡Tú has perdido el juicio, Pomponio! —exclamó el tribuno—. No consentiré que en mi presencia se profane una sepultura, pues si bien mi cometido consiste en aplicar la ley y no en conocerla, estoy convencido de que la violación de sepulturas es un delito castigado con la muerte, ya por la legislación romana, ya por la ley mosaica, ya por ambos estatutos.

—Salvo cuando se dé causa suficiente —aduje—, como en esta ocasión. Te doy mi palabra, oh Apio, de que dentro de este sarcófago encontraremos la solución de varios enigmas, *videlicet*, la muerte de Epulón, el misterio del cuarto cerrado y, finalmente, quién ha estado provocando la subversión y con qué objetivo in mente. Admite que atribuirte el mérito de tantos corolarios incrementaría tanto tu gloria a los ojos del procurador cuanto la provechosa amistad de las autoridades locales.

Reflexionó el tribuno y dijo:

—Hágase como tú dices, pero si tus suposiciones resultan falsas, dejaré que seas juzgado por el Sanedrín, el cual podrá aplicarte el castigo que estime conveniente. Sólo con esta condición daré mi *placet*. ¿Estás de acuerdo?

Dije estarlo y sin más dilación rasgué el sello del sarcófago con el cuchillo de matarife que poco antes se había cernido sobre nuestras cabezas y con ayuda de Quadrato retiré la pesada tapa. Se asomó Apio Pulcro alumbrándose con la antorcha y lanzó un juramento.

—¡Por Júpiter, tenías razón, Pomponio! ¡El sarcófago está vacío!

—Esto es imposible —dijo Berenice—, yo misma asistí a las exequias de mi difunto padre y vi su cadáver embalsamado, colocado en el sarcófago y éste sellado y depositado en el sepulcro. ¿Quién ha podido sustraerlo y con qué fin?

—No hay tal sustracción —dije—. Fue el propio Epulón quien abrió el sarcófago desde su interior, gracias a un mecanismo que descubriremos cuando lo examinemos con más detenimiento y mejor iluminación. Nadie mató a Epulón. Él fingió su asesinato. Por qué y de qué artificios se valió es algo que creo poder explicar satisfactoriamente. Pero para ello necesito reunir a todas las partes interesadas. Apio Pulcro, pide al sumo sacerdote Anano que convoque una reunión del Sanedrín, te lo ruego, y dispón que también estén presentes la viuda, el hijo y el mayordomo de Epulón, así como José, María y los dos jóvenes encarcelados por su participación en las algaradas callejeras.

CAPÍTULO XV

—Noble, sabia y justa asamblea —empecé diciendo—, concededme, os lo ruego, vuestra atención, pues me propongo poner en claro una serie de sucesos misteriosos, ocurridos los últimos días en esta ciudad, y cuya resolución acertada no sólo hará que resplandezca la verdad y triunfe la justicia, sino también que reine la paz y la tranquilidad en todo el territorio.

Hice una pausa y miré alrededor. La majestuosa sala de elevada techumbre estaba llena de venerables sacerdotes y doctores de la ley, aquí llamados escribas. Unos llevaban, en túnicas de lino, el *efod*, adornado de piedras preciosas. Otros, ya por no haber tenido tiempo de acicalarse, ya por hastío de tanto ceremonial, vestían de paisano. Todos guardaban un tenso silencio, balanceando el tronco de atrás adelante, moviendo los labios como si estuvieran recitando una plegaria y mesándose las barbas, incluso cuando dormían, que era lo más frecuente. En un extremo de la sala estaban Jesús, José y María, acompañados del vetusto Zacarías e Isabel, la esposa de éste. En el extremo opuesto estaba la familia del difunto Epulón, esto es, su viuda, el joven Mateo y Berenice, de ruborosos brazos, todavía expuesta a las miradas furtivas y salaces de los presentes. Al iniciarse el proceso, y habiendo reparado en la ausencia de Filipo, pregunté a un soldado la causa y me respondió que el taimado griego había partido aquella misma mañana con todas sus pertenencias sin prevenir a nadie ni decir adónde se dirigía. Era una contrariedad, pero no una fatalidad, por cuanto su testimonio no se me antojaba necesario.

—Como todos sabéis —proseguí diciendo—, hace unos días un ciudadano intachable, de nombre Epulón, fue hallado muerto en la biblioteca de su casa. Testigos de este hallazgo, el sumo sacerdote Anano, a quien el difunto había convocado, y el *maior domus* de aquél, un griego llamado Filipo, presente aquí el primero, ausente el último. El cadáver de Epulón fue embalsamado y sepultado aquel mismo día conforme a lo dispuesto en las Escrituras y, por expreso deseo del difunto, en un sarcófago egipcio adquirido por él en uno de sus viajes. Al ponerse el sol el sarcófago fue depositado en un sepulcro y la entrada del sepulcro sellada con una losa. Abiertos hoy, sin embargo, el sepulcro y el sarcófago, hemos comprobado que el cuerpo había desaparecido. ¿Alguien lo sustrajo? Ahora responderé a esta pregunta. Pero no sin antes remontarme a un hecho singular ocurrido con anterioridad al homicidio.

»Hace unas semanas, Epulón recabó los servicios de un carpintero, llamado José, hijo de Jacob, para efectuar una reparación en la biblioteca. Con tal motivo José y Epulón tuvieron varios encuentros, en uno de los cuales se produjo una discusión entre ambos, de la que hay testigos, si bien éstos no pueden precisar la causa de la disputa. De esto y de la verdadera naturaleza del trabajo que Epulón encomendó a José, sólo este último nos puede informar cabalmente. José, hijo de Jacob, a ti te conmino: ¿estás dispuesto a revelar lo ocurrido o, por el contrario, persistes en tu obstinado silencio?

—Bien conoces, Pomponio, la respuesta —dijo José.

—En tal caso —dije—, habré de ser yo quien refiera lo ocurrido basándome en mis propias conjeturas. En primer lugar, descartaré la hipótesis de que el cadáver fuera sustraído por un tercero. Todos sabemos que existen ladrones de tumbas, pero éstos buscan apoderarse de las riquezas con que a veces se acompaña a los muertos, ya por creer que les serán útiles en una vida ulterior, ya por simple vanidad. Nadie robaría un simple cadáver. Y aunque lo hiciera, no se tomaría la molestia de ocultar su acción como ha ocurrido en el caso presente. De todo lo expuesto infiero, pues, que fue el propio Epulón quien salió del sarcófago y de la tumba después de finalizados los ritos funerarios. Y dado que no creo en la resurrección de los muertos, he de inferir asimismo que en realidad Epulón no murió, sino que fingió estar muerto ante su propia familia y ante el resto de la población. ¡Cómo, por Júpiter!, preguntaréis. Para responderos, daré comienzo por la metodología. Pues no me cabe duda de que el propio Epulón planeó la simulación meticulosamente. En primer lugar, convocó en su propia casa al sumo sacerdote Anano al despuntar la Aurora, de rosados dedos, con el propósito de tener un testigo irrefutable de su muerte. Hecho esto, la noche de autos, cuando en la villa todos dormían, se encerró en la biblioteca, derramó en el suelo sangre de animal, colocó cerca un buril de carpintero para incriminar a José, se tendió sobre la sangre e ingirió una poción que le provocó un sopor en todo semejante a la muerte. Como es sabido, existen, y yo mismo he tenido ocasión de realizar experimentos con animales y esclavos, plantas soporíferas, como la denominada *halicacabon*, similar al opio, inofensiva en pequeñas dosis aunque mortal en exceso. Por este medio, Epulón consiguió que todos le dieran por muerto. Fue enterrado, y el carpintero José, acusado de su muerte, convicto y condenado a morir crucificado. Mientras tanto, concluido el efecto del soporífero, Epulón despertaba de su sueño dentro de la tumba donde previamente, a imitación de otras religiones, habían sido depositadas vasijas repletas de agua y alimentos con los que reponer fuerzas y esperar el momento oportuno para salir de su encierro y desaparecer, literalmente, del mundo de los vivos.

Detuve aquí mi perorata para dar tiempo a los presentes a comprender y ponderar el relato, y aprovechó Apio Pulcro la pausa para decir:

—Tu explicación, Pomponio, no me ha convencido en absoluto. No niego que tu relato sea factible, pero responde, por Hércules, a estas preguntas: ¿Qué causa podría haber impulsado a Epulón a fingir su propia muerte y desaparecer, abandonando casa y riquezas? Y si las cosas ocurrieron como dices, ¿cómo logró Epulón salir sin ayuda de un sepulcro cerrado por una losa que con dificultad consiguen mover dos hombres corpulentos?

—Responderé, Apio, con subordinación a tus preguntas —dije cuando se hubieron acallado los murmullos con que los presentes expresaron su conformidad con el escepticismo del tribuno—. A la primera, con la hipótesis de que Epulón, a quien todos tenían por un ciudadano ejemplar, ocultaba un turbio pasado. Reparad, venerables y ecuánimes jueces, que nadie sabe nada de la vida de Epulón previa a su llegada a esta ciudad. Ni siquiera, y esto es lo más asombroso, su propia familia, pues contrajo matrimonio poco antes de venir aquí y el hijo habido de una unión previa fue enviado a Grecia siendo niño. Ambos están presentes y corroborarán mi afirmación. También sus siervos y su mayordomo fueron adquiridos o contratados con posterioridad a la instalación de Epulón en Nazaret, donde, según cabe deducir de lo antedicho, Epulón se proponía iniciar una nueva vida. Durante unos años se cumplieron sus propósitos. Luego, repentinamente, algo vino a turbar su paz. Según creo, esta turbación vino provocada por un sueño premonitorio, pues fue a consultar a Zara la samaritana, dotada de la facultad de interpretar los sueños, según ella misma me contó mientras elucidaba el mío, dispensándome el beneficio de sus habilidades.

Callé un instante oprimido por el dolor de su vivo recuerdo, y en el silencio reinante me pareció percibir los apenados suspiros de varios integrantes de la vetusta asamblea.

—Es probable —proseguí de inmediato para ahuyentar la triste imagen— que fuera la propia Zara quien suministrara a Epulón el soporífero, pues estas mujeres suelen ser duchas en filtros y brebajes. Incluso me arriesgaría a suponer que fue la hija de Zara la samaritana quien, aleccionada por su madre, facilitó a Epulón los utensilios necesarios para la simulación, ya que, gracias a su reducido tamaño, podía entrar y salir de la biblioteca por la angosta ventana sin temor a ser descubierta. Si así fue, la complicidad costó la vida de las dos mujeres, pues, tan pronto el falso difunto salió de la tumba, las mató para evitar que pudieran revelar su ardid.

—¿Y la losa? —insistió Apio Pulcro—. No me dirás que fueron la hetaira y su hija quienes la retiraron para dejar salir a Epulón.

—No —repuse—, ellas no fueron. Alguien más debió de ayudarle a llevar a cabo su plan. Pero no sé quién.

Callé nuevamente, hasta que el tribuno exclamó con impaciencia:

—¿Y esto es todo cuanto nos habías de revelar? ¿Para esto has convocado una sesión extraordinaria del Sanedrín?

—Tú lo has dicho —respondo—. Mi explicación sólo tenía una finalidad, a saber, demostrar la inocencia de José respecto del delito que se le imputaba. Para esto fui contratado y ya he cumplido mi parte del contrato. El resto de la historia ni me concierne, ni suscita mi interés.

Apio Pulcro medita unos instantes mis palabras y dice:

—¿Y pretendes que en virtud de tu hipótesis sea remitida la sentencia y, en consecuencia, la ejecución del carpintero?

Antes de que yo pueda responder afirmativamente, se oyen murmullos de disconformidad entre los asistentes y voces que exclaman: Crucifícale, crucifícale. Animado por estas muestras de apoyo, dice el tribuno:

—Tu demanda, Pomponio, es inaceptable. El derecho romano es un instrumento al servicio del Imperio, no viceversa. La ejecución no sólo tenía por objeto hacer justicia, sino producir un efecto disuasorio entre las facciones levantiscas de la Galilea. Si regreso a Cesarea sin haber crucificado a nadie, habré incumplido la misión que me encomendó el procurador. Esto por no hablar de la enemistad que sin duda me granjearía entre los miembros del Sanedrín, con los cuales, como sabes, he establecido muy fructíferas relaciones.

Estas firmes palabras provocaron reacciones antagónicas en el Sanedrín, pues mientras unos, compasivos, pedían clemencia para un inocente condenado injustamente, otros aplaudían y se regocijaban. Me acerqué a José y le dije:

—Aún se puede ganar la partida. Las posiciones son encontradas. Cuenta lo que sabes y tenazmente callas.

José se limitó a bajar los ojos. Encolerizado, le grité:

—¡Borrico obstinado, ve y que te crucifiquen, si tal es tu deseo!

José levantó los ojos, fijó en mí una mirada llena de mansedumbre y dijo:

—No te sulfures, Pomponio. ¿De qué serviría hablar? Tengo en contra a la mayoría, compuesta por fariseos y encabezada por el Sumo Sacerdote, y tampoco entre los saduceos cuento con muchas simpatías. No, amigo Pomponio, por lo que a mí concierne, considero terminada tu misión. Jesús te pagará lo convenido, pues en verdad te has ganado tus emolumentos. Y, si de algo te sirve saberlo, tus conclusiones respecto de lo sucedido son acertadas en casi todo. Lo único que…

Los soldados que venían a buscarlo interrumpieron sus explicaciones. Cuando lo hubieron sacado a empellones de la sala, vino un guardia, agarró a Jesús de un brazo y trató de llevárselo. Le pregunté qué se proponía y respondió que cumplía órdenes del sumo sacerdote

Anano, el cual, en su bondad, había decidido hacerse cargo del huérfano, alejándolo de la influencia corrosiva de su madre y sus parientes y preparándolo para dedicarse al servicio del Templo el resto de su vida. Al oír esto se debate Jesús inútilmente y exclama:

—¡No dejes que se me lleven, *raboni*!

—Ten calma. Veré de interceder ante Apio Pulcro —respondo.

Naturalmente, el tribuno se niega a escuchar mi solicitud y dice:

—Deja ya de importunarme. Estoy harto de todo y de todos; y de ti en especial. Si sobrara una cruz, por Hércules que de buen grado la haría servir para colgarte.

—Pero Jesús es casi un ciudadano romano —insistí—, ya he iniciado los trámites para la adopción.

—Basta —atajó con decisión Apio Pulcro—. Nuestra consigna es clara: no inmiscuirnos en el gobierno interno de las provincias, ni interferir en sus creencias religiosas, ni en su manera de administrar justicia, ni en sus métodos de acumular riqueza. Olvídate de Jesús. Su suerte no es de tu incumbencia. Y si lo que quieres son niños, cuando regresemos a Cesarea te llevaré a un sitio de donde no saldrás defraudado.

Dicho esto, se reúne con el sumo sacerdote Anano y, cogidos ambos del brazo, se dirigen a la salida. Abatido e impotente, me siento en un banco y oculto el rostro entre las manos. A poco oigo una voz suave que dice:

—No llores, Pomponio, has hecho lo que has podido y estoy segura de que Dios premiará tu esfuerzo.

Levanto la vista y veo a María de pie frente a mí. Respondo:

—Yo no quiero ningún premio. Además, ¿cómo va a premiarme un dios en el que ni siquiera creo?

—Tú no crees en Él, pero Él te conoce. Confía en la divina providencia —dijo María con una enigmática sonrisa en los labios.

Durante este breve y extraño diálogo, el Sumo Sacerdote y el tribuno habían llegado a la puerta de la sala. Allí se toparon con Quadrato, que entraba precipitadamente. Con una mano sostenía el estandarte y en la otra llevaba la espada desenvainada. Frunció el ceño el Sumo Sacerdote y levantó un dedo acusatorio como si se dispusiera a amonestar al valiente legionario, pero Apio Pulcro le detuvo y dijo:

—¿Qué sucede, Quadrato?

—Nos atacan, oh Apio Pulcro.

—¡Por Hércules! ¿Quién nos ataca y por qué motivo? Infórmame con detalle.

El portaestandarte envaina la espada, carraspea y dice:

—En el favorable momento en que yo, portando la enseña, desfilo al frente de los reos con sus cruces respectivas a cuestas, a saber, José el carpintero y los dos impúberes condenados a raíz de las algaradas, y custodiados por cuatro legionarios, y me dispongo a cruzar la puerta del Templo a fin de dirigirnos al lugar señalado para las ejecuciones, advierto haberse congregado en la explanada exterior una nutrida turbamulta armada de palos y aperos de labranza, la cual nos increpa y amenaza. Avanzo enarbolando las águilas hacia quienes parecen ejercer el liderato de la chusma y les conmino a dejarnos pasar. Naturalmente, en nombre del Senado y el Pueblo romanos. Ellos, sin deponer su actitud hostil, responden diciendo que tenemos en nuestro poder al Mesías y que si no se lo entregamos *ipso facto* y por las buenas, entrarán a rescatarlo por las malas, tomando el Templo si es preciso y pasando la guarnición a cuchillo. Como no sé de qué me están hablando y, por consiguiente, no respondo, empiezan a arrojarnos piedras, sin que parezca intimidarles el haber desenvainado yo mi espada victoriosa en cien batallas. En vista de lo cual nos replegamos ordenadamente, los guardias del Sanedrín cierran las puertas del Templo y yo, dejando a los reos a cargo de la tropa, vengo a contarte, oh César, lo que te acabo de contar, y pedirte que disculpes mi sintaxis, más propia de un veterano que de un magistrado.

—¡Que la peste extermine a los judíos! —dice Apio Pulcro dirigiéndose al sumo sacerdote Anano al acabar el prolijo informe del soldado—. ¿Se puede saber qué está pasando ahora?

—Una molestia, en verdad, reiterada —responde el interpelado—. No pasa mes, ya sea Nisán, Tishrei o MarJershan, sin que algún exaltado proclame ser el Mesías. Burdas patrañas que el vulgo cree a pies juntillas y por cuya causa se dispone a cometer las mayores tropelías. Por lo general, la sangre no llega al río y el conato se disuelve en la rutina de los días sin mayor contratiempo.

—Aun así —dice el tribuno—, hemos de extremar la prudencia y, si procede, obrar con energía. Si corre la voz de que en Nazaret impera el desorden, bajará drásticamente el precio del terreno y, por Hércules, esto no lo podemos permitir. Subiré a la muralla a reconocer la situación.

Diciendo esto salen Apio Pulcro y el sumo sacerdote Anano acompañados de Quadrato y yo les sigo. En el patio se nos unen dos arqueros y subimos a la muralla, desde donde contemplamos un panorama poco tranquilizador. Una multitud enfervorizada rodea todo el perímetro del Templo sin dejar de gritar y agitar las armas. El entusiasmo crece al desembocar de una callejuela un grupo de ciudadanos acarreando largas escaleras destinadas a escalar los muros. Pregunto a Apio Pulcro si con los hombres de que dispone podría repeler el asalto y responde:

—Prefiero no comprobarlo. Somos pocos y no confío en la lealtad de la guardia del Sanedrín. Una vez iniciada la contienda lo más probable es que se unan a los insurgentes. Habrá que negociar. ¿Quieren al Mesías? Pues se lo daremos.

—Pero no sabemos quién es —le indico.

—Ellos tampoco —responde, y dirigiéndose a Quadrato ordena—: Que suban a José a la muralla. Si es el que buscan, se lo damos. Si no, le cortamos la cabeza y tal vez esto les infunda respeto. Lo que no alcanzo a entender es quién puede haber propagado la idea de que nosotros retenemos a ese tal Mesías, ni con qué objeto.

Había bajado Quadrato al patio donde estaban los reos y al cabo de muy poco regresó con José. Apio Pulcro lo empujó hasta el borde exterior de la muralla y lo mostró a la plebe. Ante aquella figura doliente, ascética y patriarcal enmudecieron todas las gargantas y aprovechó el tribuno la ocasión para gritar:

—*¡Ecce homo!*

Pero apenas hubo hecho esta proclama, se oyó una voz enfurecida gritar:

—¡Mentira! ¡Éste no es el Mesías, sino el carpintero del pueblo! ¡Hace un mes me prometió venir a reparar el palomar de mi casa y todavía le estoy esperando! ¿Y ahora nos lo presentas como el salvador de nuestro pueblo?

Se soliviantó nuevamente la plebe, arreciaron los improperios y volaron piedras, lanzadas con poca fuerza y pericia. Quadrato desenvainó la espada, la enarboló sobre la cabeza de José y preguntó a Apio Pulcro:

—¿Se la corto?

—No —atajó el tribuno—. Son muchos y la visión de la sangre sin duda los enardecería. Mientras duren las negociaciones no atacarán, y es posible que se acaben cansando de gritar inútilmente. Ve a buscar a uno de los muchachos condenados a morir con José. Bien pensado, ha sido un error atribuir naturaleza divina a un cretino senescente que conoce todo el mundo.

Quadrato trajo a Juan, hijo de Zacarías y primo silvestre de Jesús. Apio Pulcro repitió la maniobra y la cuestión con menos convencimiento:

—*¿Ecce homo?*

—¡Tampoco! —respondió al unísono la plebe.

—¡Por Júpiter, nunca están satisfechos! —masculló el tribuno—. Me gustaría que tuvieran un solo cuello para rebanárselo de un tajo. Quadrato, ve abajo y trae al otro. Nadie sabe quién es ni de dónde viene. A lo mejor les convence.

El tercer reo era un muchacho de la edad de Juan, pero mejor proporcionado de cuerpo, más agraciado de rostro y de una dignidad natural que no mermaban ni su actitud esquiva ni su mirada torva. Apio Pulcro lo examinó con detenimiento, le palpó el cuerpo y las extremidades y se mostró satisfecho de sus comprobaciones.

—Éste servirá —murmuró. Y dirigiéndose al atractivo muchacho le dijo—: A juzgar por tu aspecto, eres de noble cuna. ¿Cómo has venido, dinos, a parar aquí?

El muchacho guardó un hosco silencio hasta que, habiéndole Quadrato propinado un sonoro bofetón, ahogó un quejido y respondió entre dientes:

—Mi nombre es Judá, vivo en Jerusalén y mi padre es amigo personal del prefecto y del resto de las autoridades romanas, con quienes comercia de continuo en beneficio mutuo. Por cumplir un encargo que él me hizo iba camino de Jericó cuando me sorprendió el crepúsculo en las inmediaciones de Nazaret y decidí pernoctar en la ciudad y no en campo abierto por temor a los bandidos. Recorría las calles buscando posada y me detuvo la guardia por infringir un toque de queda de cuya existencia nadie me había avisado. Eso es todo.

—No sé si creer tu historia o dudar de tu sinceridad —dijo Apio Pulcro—. Luego iremos a mis aposentos y te someteré a un escrutinio más minucioso. De momento, dinos sólo si eres o no el Mesías.

—¿El Mesías? Apenas si he oído hablar de él y jamás presté atención a esas patrañas. Siempre fui educado como un romano.

—Tal vez dices la verdad —murmuró el tribuno como inspirado por una idea feliz y repentina—, pero eso no te librará de morir crucificado si no colaboras conmigo haciendo cuanto yo te diga. Escucha bien: quiero que te asomes a la muralla y digas a la plebe que tú eres el Mesías.

—¡El Señor es mi pastor! —gritó alterado el sumo sacerdote Anano—. ¡Esto es un sacrilegio!

—Un sacrilegio útil —admitió el tribuno—. Tú mismo dijiste que constantemente aparecen falsos Mesías. Uno más no alterará el curso de la Historia y en cambio puede sacarnos de la dificultad en que nos encontramos.

El muchacho se encogió de hombros y dijo:

—Está bien, haré lo que me pides. Al fin y al cabo, es mi vida la que está en juego. Pero has de prometerme que luego me dejarás en libertad, tanto si el ardid surte efecto como si no.

—Claro, claro, por Júpiter —dijo Apio Pulcro—. Te dejaré libre y te adoptaré y te llevaré conmigo a Roma. Allí podrás adquirir una educación digna de un príncipe. Luego le pediré al divino Augusto, que me honra con su amistad, que te nombre procurador de Judea. Pero para que se materialicen estas halagüeñas expectativas, es preciso que antes esta chusma levante el asedio. Ven, asomémonos a la muralla, y ponte esta estola encarnada. Te sienta muy bien y por fuerza les impresionará. Una corona y un cetro serían complementos idóneos, pero no disponemos de material ni de tiempo. Háblales, Judá, diles cualquier cosa, promételes algo: un milagro. Por ejemplo, oscurecer el sol. Me temo que aún falta mucho para el próximo eclipse, pero el bajo pueblo es proclive a ver fenómenos donde no los hay.

Enardecido por estas consideraciones, se había echado el ardoroso muchacho la estola sobre los hombros y se dirigía al borde exterior de la muralla, cuando José, rehuyendo la escasa vigilancia que sobre él ejercía Quadrato, se interpuso en su camino, lo miró fijamente a los ojos y le dijo:

—Oh, tú, quienquiera que seas, escucha mis palabras. El Mesías es el hijo de Dios, y Yahvé dejó dicho: No tomarás en falso el nombre de Yahvé, tu dios; porque Yahvé no dejará sin castigo a quien toma su nombre en falso. Es el primer mandamiento del decálogo.

Incumplir los otros nueve es malo, pero quebrantar el primero es lo peor. Ni tú eres el Mesías, ni lo soy yo, ni Juan tampoco. Pero el Mesías verdadero vendrá si no ha venido ya, como dicen las Escrituras, a juzgar nuestros actos y concedernos el premio o el castigo eternos. ¿A cuál de ambas cosas te quieres hacer acreedor?

Mientras esto decía José, Quadrato, habiendo reaccionado a la insubordinación de aquél, volvió a levantar la mano para golpearle, pero por alguna razón se abstuvo de concluir el gesto, y se quedó con el brazo en alto y la mano extendida, como si estuviera saludando al divino Augusto. Al ver esto, el sumo sacerdote Anano montó en cólera y encarándose con José al borde mismo de la muralla, le gritó:

—Miserable y estúpido anciano, ¿con qué autoridad hablas tú de las Escrituras? ¿Te crees acaso un profeta como Abdías, Habacuc o Sofonías? Podría excusar tu insolencia diciendo que la edad te ha reducido el entendimiento, pero sería falso, porque has sido un necio toda tu vida. Por eso consentiste en el engaño de tu esposa y acogiste como propio el hijo que ella tuvo de alguien que no eres tú.

Cuando hubo acabado de proferir estos agravios, agarró de la manga de su túnica a José, que le había escuchado impertérrito y pacífico, y trató de arrojarlo desde la muralla violentamente, sin que los demás, sorprendidos por esta acción inesperada, acertáramos a intervenir, con lo que habría logrado su propósito si no hubiera tropezado con el estandarte que Quadrato había dejado apoyado contra el bastión para poder golpear a los reos, conque perdió el equilibrio, soltó su presa, dio un traspiés y se precipitó al vacío y sin duda a una muerte cierta, pues, como dije al comienzo de esta historia, el muro es de trescientos codos. Pero quiso la veleidosa Fortuna que el muchacho, que se encontraba a su lado, alargara la mano y alcanzara a retener al Sumo Sacerdote *in extremis* por la barba, quedando éste colgado, despavorido y en lánguido balanceo.

CAPÍTULO XVI

La situación, Fabio, se había vuelto insostenible, pues la plebe, que ante la determinación, la unidad y la fuerza es de natural sumisa e incluso abyecta, cuando percibe síntomas de vacilación, discordia o debilidad, se vuelve insolente y temeraria, y basta con que algunos individuos, amparados en el anonimato, difundan rumores, aviven agravios o creen expectativas de saqueo, para que en las aguas más tranquilas se desencadene una tempestad que no deje nada incólume a su paso.

Y así ocurre en la presente ocasión, pues mientras en lo alto de la muralla aunamos esfuerzos para poner a salvo al Sumo Sacerdote, entre el gentío suenan gritos instándole a lanzar el asalto definitivo al Templo, ya con el designio de rescatar al Mesías, ya con el de provocar una matanza sin más causa que la sed de sangre.

Animados por estas exhortaciones, los de atrás inician el avance, sabiéndose protegidos por la masa que los separa de los defensores, y los de adelante, empujados hasta el mismo muro, se disponen a escalarlo para no perecer aplastados. Así son tomadas siempre las ciudades cuando no se dispone de oxibelas, balistas, helépolis u otras máquinas de guerra.

Apio Pulcro, muy pálido, pregunta si el Templo dispone de fuego griego o de aceite hirviendo para ser arrojado sobre los atacantes, y al serle respondido que no, propone negociar una rendición honrosa.

—Demasiado tarde —dice el Sumo Sacerdote, ya repuesto del sobresalto—. Con nadie podemos negociar, porque nadie los dirige, y en el estado en que se encuentran, difícilmente podrían ser disuadidos de sus propósitos por medio de razones.

—Entonces, ¿qué podemos hacer? —preguntó el tribuno.

—Vosotros —replicó el Sumo Sacerdote—, nada. Yo, ir al altar y sacrificar una ternera a Yahvé. Cuando os hayan exterminado, me encontrarán en comunicación directa con el Todopoderoso y no se atreverán a tocarme un pelo de la barba. Repartiré pedazos de lomo vacuno entre los cabecillas de la revuelta y volverán a reinar la paz y la concordia. Y ahora, os dejo. He de ir a recomponer mis vestiduras y a colocarme el *efod*.

Se fue dejándonos a merced de la plebe embravecida. Apio Pulcro pasó revista a las tropas disponibles para el combate y descubrió que la guardia del Sanedrín, no considerando esta batalla de su competencia, había optado por acuartelarse. Los soldados romanos y los auxiliares sumábamos ocho hombres, incluidos el propio Apio Pulcro y yo mismo, ya que, si había de correr la misma suerte que mis compatriotas, consideré preferible hacerlo con las armas en la mano. Con este fin me fueron entregadas una espada y una lanza robusta que a duras penas podía sostener. Por añadidura, como en toda situación ardua, experimento agudas punzadas y convulsiones intestinales, cuya expresión no contribuye a elevar la moral de los combatientes. Apio Pulcro propone a José y a los otros dos reos unirse a nosotros, prometiéndoles, si vencemos, revocar la sentencia impuesta por el tribunal, pero ellos, después de ponderar las circunstancias, no estiman ventajosa la proposición, regresan al patio y vuelven a cargar con sus respectivas cruces.

Los atacantes han colocado las escalas contra el muro y suben por ellas blandiendo sus armas. Nuestros arqueros tensan los arcos para lanzar sus dardos sobre los primeros atacantes, pero Apio Pulcro los detiene por considerar que matar a unos pocos no alterará el resultado del encuentro y en cambio indispondrá a la plebe en contra nuestra. En su opinión, es mejor entregarse sin lucha y suplicar piedad. Los soldados, imbuidos de la idea de morir con honor, se amotinan, lo deponen y se aprestan a pasarlo por las armas.

Cuando todo parecía encaminado a un desenlace trágico, dominando el clamor de los atacantes, resuenan las tubas en la cercanía y de inmediato el temido golpear de las espadas contra los escudos que caracteriza a las legiones romanas avanzando en apretada formación impone silencio, primero, y luego provoca gritos de espanto. Nos asomamos al muro y vemos aproximarse una cohorte enarbolando las águilas y las enseñas de la XII legión, Fulminata, encabezada por el mismo Liviano Malio que al inicio de mi relato me recogió de la caravana nabatea. A la vista de estos inesperados refuerzos, los que están en lo alto de las escalas caen sobre las cabezas de sus compañeros, reina la confusión, se eleva una espesa capa de polvo y, cuando ésta se deposita en el suelo o se disipa arrastrada por el céfiro, sólo queda en la explanada la cohorte en perfecto orden de combate.

Abiertas las puertas del Templo, ocupado el recinto y distribuidos centinelas en puntos estratégicos, Liviano Malio dio descanso al resto de la tropa y se reunió con nosotros. Tras los saludos de rigor, le preguntamos cómo había tenido noticia de nuestro comprometido estado y cómo, al saberlo, había tenido tiempo de acudir en nuestro auxilio tan oportunamente, y respondió:

—Anoche, cuando íbamos camino de Antioquía después de haber cumplido la misión que nos había encomendado el gobernador de Siria, y habiendo acampado a unas seis millas de aquí, se presentó ante la empalizada un hombre y dijo ser portador de un mensaje importante. Fue conducido de inmediato a mi tienda y me encontré ante un joven de gran belleza que dijo ser griego, de nombre Filipo, y vecino de Nazaret hasta el día de ayer. A continuación añadió que un reducido destacamento romano al mando de un tribuno se encontraba en una grave tesitura, pues se había declarado una revuelta popular. Si acudíamos sin tardanza, dijo, evitaríamos un derramamiento de sangre; de lo contrario, el país entero se vería envuelto en el caos y la guerra civil. Tanto porfió que decidí ponerme en marcha hacia aquí en cuanto despuntara la Aurora de espléndido trono. Antes de partir, fui en busca de Filipo, pero, sin que nadie pudiera decirme cuándo ni cómo, había desaparecido, dejando sólo un escrito e instrucciones de que fuera entregado al sumo sacerdote Anano. No di mayor importancia a la desaparición e hice como él me había dicho. Y, por Hércules que su advertencia no había sido falsa.

—Pero sí inexplicable —dije yo cuando Liviano

Malio hubo concluido su relato—. ¿Cómo podía saber Filipo ayer tarde lo que sucedería hoy?

—Los griegos son intuitivos —replicó Apio Pulcro— y además poco importa el método, siendo el resultado satisfactorio. Veamos ahora qué dice el escrito que te hizo llegar.

—Filipo insistió en que era para el Sumo Sacerdote —objetó el buen Liviano Malio.

—Y lo será, después de que yo lo haya examinado. Puede contener información vital para los intereses de Roma.

Rebuscó Liviano Malio entre los pliegues de su capa y finalmente extrajo un rollo de papiro atado con una cinta roja. Apio Pulcro se lo arrebató, deshizo el nudo y empezó a extender el rollo, pero en seguida volvió a enrollarlo enojado y exclamó:

—¡Pérfido griego! ¡Está escrito en esta lengua bárbara!

El sumo sacerdote Anano compareció finalizado el sacrificio y le fue referida la historia de Liviano Malio y entregado el texto, con el ruego de que nos lo leyera en voz alta. El Sumo Sacerdote recorrió con los ojos las primeras líneas del escrito, palideció y dijo con voz entrecortada:

—¡El Señor es mi pastor! Este texto no procede de la mano de Filipo, sino del difunto Epulón y constituye, según puedo colegir, una confesión en toda regla.

—Danos cuenta, pues, Anano, de su contenido sin omitir detalle.

—Así lo haré, si no juzgáis con severidad la traducción. El texto dice así: «Epulón saluda a Anano. Me alegro si estás bien, yo estoy bien. Y tras esta fórmula de cortesía, doy comienzo a mi confesión, pues has de saber que mi nombre no es Epulón, hijo de Agar, vecino de Nazaret y comerciante de profesión, pues en verdad me llamo Teo Balas y soy el despiadado bandido que durante años ha tenido aterrorizado al país entero. He robado grandes sumas y he matado a muchos inocentes. Hace unos años, habiendo acumulado un auténtico tesoro fruto de mis crímenes, y cansado de llevar una existencia peligrosa y sufrir los rigores de la intemperie, decidí establecerme en un lugar donde nadie me conociera y empezar una nueva vida con nombre supuesto. Formé una familia casándome con una joven viuda, construí una sólida villa, me mostré obediente con la autoridad y magnánimo con el Templo, hice caridad a los pobres con munificencia. Convertido en buen ciudadano y con el favor del clero, realicé transacciones legales que incrementaron mi riqueza. Todo parecía salir a la medida de mis deseos.

»Hace unas semanas, sin embargo, me ocurrió un suceso nimio pero perturbador. Era de noche y todo el mundo dormía en la casa, salvo yo, que me había quedado en la biblioteca, con el fin de estudiar ciertas cláusulas contractuales. Unos golpes en la puerta me distrajeron, abrí, no había nadie. Pensé que el ruido lo habría causado el viento o un animal o mi propia imaginación, y volví a mis ocupaciones. Al cabo de un rato se repitió la llamada sin que tampoco hubiera nadie en el corredor. Más enojado que inquieto, cerré la puerta con doble vuelta y me llevé conmigo la llave. Cuando sonaron golpes por tercera vez, no acudí. Al cabo de un rato chirriaron los goznes, levanté los ojos y vi que la puerta, pese a tener yo la llave a mi diestra, sobre la mesa, se abría lentamente para dejar paso a una figura humana. Cuando la tuve cerca advertí que era un cadáver en avanzado estado de descomposición, el cual, llegando a mi lado, dijo: Teo Balas, hace unos años tú me cortaste dos dedos de una mano para arrancarme los anillos y luego me cortaste el cuello; ahora he venido a reclamar lo que es mío. Presa de espanto, acerté a decir que ya no tenía los anillos, pero que con gusto le daría el equivalente de su valor en oro. La aparición se echó a reír mostrando una boca de afilados dientes y respondió: Infeliz de mí, en el lugar donde me encuentro de poco me sirve el oro; lo que he venido a buscar son mis dedos. Y sin más explicación me agarró el brazo y con una fuerza irresistible se llevó la mano a la boca. Mi propio grito me despertó. En la biblioteca no había nadie, la puerta estaba cerrada y la llave continuaba a mi lado.

»Al cabo de unos días tuve un sueño similar. Esta vez el muerto dijo que yo le había sacado los ojos para obligarle a revelar dónde había ocultado un tesoro o por pura diversión, y ahora venía, como el anterior, a recuperar lo suyo. Desperté cuando las uñas me hurgaban las cuencas. El muerto del tercer sueño venía a buscar su hígado. En todos los casos las visiones eran tan vívidas que al despertar, lejos de experimentar alivio, me sentía invadido de un profundo desasosiego.

»Era voz común que había en Nazaret una mujer pública dotada del poder de interpretar los sueños. Acudí a ella y le relaté los míos haciéndole jurar que no revelaría a nadie su contenido, pues en él se ponía de manifiesto quién era y quién había sido yo. Ella juró guardar el secreto y quitó importancia a las visitaciones nocturnas. Los muertos, dijo, sólo se ocupan de otros muertos. Tú sin duda eres víctima de unos espíritus juguetones. No debiste abrirles la puerta cuando llamaron la primera vez, Teo Balas, porque cuando se les ha abierto una puerta, siguen entrando a su antojo hasta que se les cierra de nuevo el paso. Ahora, para evitar sus visitas, habrás de cambiar la cerradura de la biblioteca. En cuanto a los presagios, nada temas. Aquí no hay nadie que te pueda reconocer, salvo yo, y conmigo tu secreto está seguro. Pagué con largueza sus servicios, rechacé otros que también me ofrecía y volví a casa precipitadamente. A la mañana siguiente envié a mi mayordomo a buscar un carpintero que cambiara la cerradura de la biblioteca. Cuando llegó con José, comprendí que los sueños habían sido realmente una premonición o un aviso y que Zara la samaritana había equivocado su alcance. José también me reconoció de inmediato, con gran sorpresa y espanto. Mantuvimos un diálogo violento, que fue oído por algunos miembros de la casa. Finalmente, José se avino a no traicionarme. Aun así, mi vida estaba en peligro, pues era evidente que tarde o temprano, bien por uno, bien por otro, sería descubierto, y las autoridades, ya romanas, ya judías, habían puesto precio a mi cabeza. Planeé la fuga y la inculpación de José, sustrayéndole el buril de la cesta de sus herramientas y colocando allí una de las nuevas llaves. Para llevar a cabo mi plan, me procuré la cooperación de la hetaira y su hija, cuyo tamaño le permitía acceder a la biblioteca por la angosta ventana. De este modo obtuve la sangre y el narcótico y me deshice de la llave. Fui dado por muerto y enterrado. Al tercer día salí del sepulcro. Lo primero que hice fue ir a casa de la hetaira y matarla, así como a su hija, pues ambas conocían mis planes, mis actos y mi verdadera identidad. Luego me fui, a sabiendas de que José sería acusado del asesinato y ejecutado, y de que si, para su descargo, decía algo acerca de mi persona no sería creído. Si todavía sigue vivo cuando esta confesión sea leída, puede ser absuelto de todos sus crímenes, pues no hay hombre en el mundo más íntegro y virtuoso. Yo vuelvo a mi antigua profesión, de la que nunca me veré libre. Este convencimiento me hará más malo conforme vaya pasando el tiempo. Y para inaugurar esta nueva etapa he decidido cambiar mi nombre por el de Barrabás, el peor de los bandidos.»

Acabó de leer el Sumo Sacerdote la confesión del bandido, enrolló el pergamino y exclamó:

—Conozco la letra y el sello de Epulón y no me cabe duda de la autenticidad del documento y de cuanto en él se dice. Me pregunto qué habrá impulsado a un hombre sin escrúpulos a tomarse tanto trabajo para obtener la absolución de un reo, tras haber provocado con éxito su condena. Pero sean cuales sean sus motivos, a nosotros no nos queda más opción que absolver a José y a los demás condenados. Y para añadir a la justicia la compasión, propongo que el indulto incluya también a la infeliz Berenice, pues si sus intenciones eran criminales y ha cometido el peor de los pecados abjurando de la verdadera fe, en fin de cuentas sus acciones no tuvieron consecuencia y parece que tiene perturbadas las facultades mentales. Su madre, su hermano y ella han quedado en posesión de una gran riqueza, que podrán disfrutar si renuncian a los falsos dioses, vuelven al redil de Abraham, Jacob, Moisés y los profetas, y demuestran su arrepentimiento haciendo una generosa donación al Templo.

Las dos mujeres juraron solemnemente hacer cuanto se les decía. Mateo, rebelde de corazón, hizo renuncia pública de su patrimonio y, doblemente apesadumbrado por la muerte de su amada y por la penosa circunstancia de haber sido su propio padre el asesino, anunció que se retiraba de la civilización, a esperar la llegada del Mesías, al que seguiría y a cuyo servicio pondría los conocimientos adquiridos en Grecia, escribiendo puntualmente su vida, enseñanzas y milagros.

Oído todo lo cual, el Sanedrín aprobó estas medidas y de este modo dio fin la vista y la jornada a plena satisfacción de todos, salvo de Apio Pulcro, el cual se lamentaba diciendo:

—¡Por Júpiter, tantas molestias para nada! Sea pues; diré al procurador que he sofocado valientemente una revuelta popular en Galilea. Mis hombres no lo desmentirán, si saben lo que les conviene, y tampoco Pomponio, como muestra de gratitud por mis reiterados favores. Después de todo, es el único que se ha salido con la suya. Ah, el sol se pone. Cenemos, descansemos y mañana, cuando la Aurora extienda su rosado manto, emprenderemos el regreso a Cesarea con el orgullo de haber hecho resplandecer la verdad y la justicia. Aunque me gustaría saber cómo hizo Teo Balas, o quienquiera que sea, para remover la losa del sepulcro desde dentro y sin ayuda.

CAPÍTULO XVII

Ni en el recinto del Templo ni en sus inmediaciones encontré a nadie conocido cuando, concluidos los sucesos narrados en el capítulo anterior, me dirigí a mi mugriento hospedaje con la intención de acostarme temprano y reponer fuerzas ante el viaje previsto para el día siguiente. A mitad de camino, sin embargo, oí pronunciar mi nombre y vi salir de la sombra a Jesús, el cual, tomándome de la mano, dijo:

—Esta noche celebramos en casa la feliz resolución de nuestras dificultades, y quiero que compartas con nosotros una alegría de la que en buena parte has sido artífice.

—No hay tal cosa —respondí—, he hecho poco y este poco lo he hecho mal. Al final todo se ha resuelto satisfactoriamente por una serie de circunstancias afortunadas. Es natural que celebréis lo ocurrido, pero no conmigo: aquí soy un forastero; para vosotros, un gentil, y para los míos, un filósofo incrédulo.

—No digas eso, Pomponio —dijo Jesús—, yo te aprecio y te estoy agradecido, no sólo por los resultados obtenidos, sino por algo de más valor para mí, porque estuve afligido y me consolaste, necesité un consejo y me lo diste, estuve en peligro y me socorriste, buscaba un investigador privado y te hiciste cargo del caso.

Al llegar a casa de José y María fuimos recibidos con afecto y alborozo por una numerosa concurrencia, pues se habían sumado a la celebración Zacarías, Isabel, Juan y el atlético muchacho que había compartido con éste el cautiverio y cuya intervención en la muralla había ocasionado tanto revuelo. En el transcurso de la cena nos dijo que su nombre completo era Judá Ben-Hur, que no tenía nada que ver con los movimientos separatistas y que su única afición eran las carreras de cuadrigas. Al impetuoso Juan el cautiverio y la condena le habían producido un efecto profundo en sus convicciones. Ahora, vuelto inesperadamente al mundo de los vivos, tenía pensado retirarse al desierto, cubrir su desnudez con piel de camello, comer langostas y miel silvestre y no beber vino ni licor. Brindamos por el éxito de los dos jóvenes en sus respectivas profesiones y la velada transcurrió en medio de la sana alegría que preside, según dicen, la vida de las familias pobres.

Concluida la cena, aproveché una ocasión para pedirle a José que me aclarase algunos extremos del caso en el que ambos nos habíamos visto implicados, pues si bien se había resuelto del mejor modo posible, como filósofo no podía resignarme a partir sin conocer los últimos detalles, a lo que respondió así:

—En verdad, Pomponio, te has ganado una explicación, pues has demostrado ser persona callada y leal. Salgamos al patio y allí trataré de despejar algunas incógnitas, si bien he de anticiparte que no está en mi mano revelar la totalidad del secreto ni la auténtica razón de mi pertinaz silencio.

Salimos ambos y, acomodados en el banco de piedra, bajo el cielo estrellado de la tibia noche, dijo José:

—Pocos días después de que hubiera nacido Jesús en un pesebre, recibimos en tan humilde lugar la visita de tres nobles personajes ricamente ataviados que dijeron venir de Oriente. Uno tenía la barba blanca; el otro, rubia; y el tercero, de tez negra, era lampiño. Estuvieron un rato y luego partieron habiéndonos obsequiado con oro, incienso y mirra. Llegado el momento de regresar a Nazaret y por razones que no vienen al caso, cambié de plan y decidí llevar a toda la familia a Egipto. Una tarde, cuando el sol declinaba, nos alcanzó en un camino solitario un bandido de terrible fama que, enterado de que llevábamos oro en las alforjas del pollino, nos venía siguiendo desde Belén. Nos arrebató el oro y luego, como era su costumbre, se dispuso a matarnos. Le rogué que no lo hiciera y él, con siniestra risa, me preguntó: ¿Acaso tienes algún medio de impedírmelo, siendo sólo un anciano desvalido, acompañado de una débil mujer, un recién nacido y un pollino? A lo que respondí yo: No te convenceré por medio de la fuerza, pero te puedo ofrecer algo que te resultará más ventajoso que perpetrar un triple homicidio. Me miró con curiosidad el malvado asesino y preguntó qué era lo que le ofrecía a cambio de nuestras vidas. Le dije: La tuya; si nos dejas marchar sin daño, te prometo la impunidad. No se conmovió su duro corazón, pero en su mente se hizo una débil luz, pues aceptó el trato y nos dejó marchar.

»Nos establecimos en Egipto, tierra fértil y acogedora. Privado del oro, hube de buscar trabajo para sobrevivir. Por fortuna, nos quedaba la mirra, muy valorada por sus propiedades conservantes entre los médicos especializados en preparar momias. Vendiendo mirra, trabé contacto con constructores de tumbas y como soy hábil, experto, honrado y hacendoso, me dieron trabajo. De este modo obtuve una posición acomodada para mí y los míos.

»Transcurridos unos años, cesó la causa de nuestro exilio y regresamos a Nazaret. Con las ganancias acumuladas en Egipto rehíce mi antiguo taller, recuperé la clientela perdida y poco a poco se acallaron los rumores que circulaban acerca de mi familia, mientras Jesús crecía y se fortalecía, llenándose de sabiduría y gracia de Dios. Hasta el día en que vinieron a buscarme para que hiciera una reparación menor en casa de un hombre rico llamado Epulón. Al verle me di cuenta de que se trataba del mismo bandido que en la huida a Egipto nos había robado el oro de los magos. Él también me reconoció y se atemorizó, pues ahora las tornas se habían vuelto, pero de inmediato me recordó nuestro pacto. Respondí que, siendo hombre de palabra, no tenía intención de traicionarle. Pareció tranquilizarse con respecto a mí, pero había tenido, según me contó, unos sueños inquietantes que, unidos a mi presencia inesperada en su casa, consideraba un augurio. De resultas de ellos había trazado un plan de fuga para cuya realización necesitaba mi ayuda. Durante mi estancia en Egipto me había familiarizado con las técnicas funerarias de este país, pues los nobles egipcios, y muy especialmente el Faraón, se protegen por los medios más extravagantes de los ladrones de tumbas, ya que temen verse despojados de los tesoros depositados junto a sus cuerpos y condenados a la indigencia eterna. Gracias a mis conocimientos, concebí y construí un mecanismo hidráulico que abriría la losa del sepulcro a los tres días de haber sido sellado. Cuando fui aprehendido y acusado, me percaté de la maniobra del falso Epulón, pero no podía revelar su traición sin faltar a mi promesa. El resto ya lo conoces.

—Es en verdad una idea original —admití—. Estar tres días enterrado y luego resucitar. ¿Quién podría creer una cosa así? De todos modos, José, tu explicación aclara algunos extremos y oscurece otros en la misma medida. Para empezar, ¿cómo pudiste ofrecer impunidad vitalicia a Teo Balas, expuesto, por la naturaleza de sus actividades, a constantes peligros? ¿Y por qué aceptó él un pacto tan paradójico a sus ojos entonces como a los míos ahora?

—Eso no te lo puedo decir —suspiró José—. Habrás de tener fe.

—No —repliqué—, cualquier cosa menos fe. La fe no entra en mi metodología. La credulidad, sí. El error también, pues siendo inevitable, su aceptación es camino cierto a la verdad y presupuesto de cualquier reflexión. Pero no la fe. En este punto somos irreconciliables. Ni siquiera respeto la tuya, aunque por ella hayas estado dispuesto a sacrificar tu propia vida. Pero no temas, porque no insistiré. Además, se ha hecho tarde y debo irme.

—Antes —dijo José—, aclárame una duda. ¿Qué te hizo pensar que había un sarcófago vacío? La vanidad es un pecado capital, pero mi dignidad de carpintero está dolida.

—Lo haré con gusto. En mi última visita a la morada de la difunta Zara, descubrí por azar que una llave, que inicialmente había tomado por la de su puerta, no correspondía a la cerradura. Como era una llave nueva, supuse que sería la de la biblioteca de Epulón, ausente del lugar del crimen. No tenía sentido que el homicida la hubiera dejado allí en lugar de hacerla desaparecer, ya enterrándola, ya arrojándola a un pozo profundo. Lalita se la llevó por el ventanuco después de haberse encerrado Epulón por dentro. A partir de ahí, el resto del razonamiento vino por su propio pie. ¿Lo entiendes?

—No del todo —dijo José—, pero cosas más raras he dado por buenas a lo largo de mi vida.

Con estas palabras dimos por terminado nuestro diálogo y nos dispusimos a entrar. Al levantarme vi las tres cruces en un rincón del patio. Como él había puesto el material y el trabajo, legalmente le pertenecían. Le pregunté si pensaba aprovechar los tablones y respondió:

—De momento no. Su presencia me recordará a todas horas la fragilidad de la existencia humana. Más adelante, ya veremos qué utilidad les saco.

Al entrar de nuevo en la casa María vino a mi encuentro y me dijo que Jesús se había ido a dormir, agotado por la excitación de la jornada.

—Me ha dado una cosa para ti —añadió entregándome una bolsa.

La abrí y comprobé que contenía los veinte denarios convenidos a cambio de mi intervención. Devolví la bolsa a María y le dije:

—Guarda las monedas sin decirle nada a Jesús. Y cuando sea un poco mayor, empléalas en su educación. No es mucho, pero puede serle útil. Es un chico listo, podría estudiar oratoria, o fisiología o cualquier cosa, siempre que no tenga que ver con la religión.

En aquel momento salían también Zacarías, Isabel y Juan y me uní a ellos. Después de caminar un rato, me llevo aparte a Zacarías y le digo:

—Dime la verdad, venerable Zacarías: fuiste tú

quien promovió el asalto al Templo haciendo circular el bulo de que allí estaba el Mesías.

—En efecto —reconoció él—. Era la única forma de salvar a José y a mi propio hijo de una condena injusta. La noche en que nos vimos por primera vez, Isabel y yo habíamos ido a casa de José a proponerle este plan. Él se opuso con firmeza: prefería morir a provocar un derramamiento de sangre.

—Eso sin contar con la prohibición de tomar en falso el nombre de Yahvé —dije yo recordando las palabras pronunciadas por José en la muralla.

—Muy versado te veo en las Escrituras, Pomponio —dijo Zacarías con un deje de irritación—, y si es así, recordarás el pasaje que dice: Hubo un huracán tan violento que hendía las montañas y quebrantaba las rocas; pero no estaba Yahvé en el huracán. Después del huracán, un temblor de tierra; pero no estaba Yahvé en el temblor. Después del temblor, fuego, pero no estaba Yahvé en el fuego. Después del fuego, el susurro de una brisa suave. Al oírlo Elías, cubrió su rostro con el manto, porque comprendió que aquélla era la verdadera voz de Dios.

—Aclárame su significado, porque no lo entiendo.

—Sólo le es dado entender la palabra de Dios al que tiene la fe de la que tú careces. Cree, sin embargo, que no mentí cuando dije que el Mesías estaba más cerca de lo que muchos imaginan.

—Está bien —dije—, no discutiré tus creencias. Pero luego no te burles de mí cuando menciono un río que vuelve a las vacas blancas.

Habíamos llegado al punto donde nuestros caminos se dividían. Nos despedimos amigablemente y yo me reintegré a mi miserable y transitoria morada.

El cansancio me vencía, pero me costó mucho conciliar el sueño y cuando la Aurora empezaba a mostrar su dorado trono me levanté y, como no tenía equipaje ni dinero, abandoné la casa con la intención de irme sin pagar de donde había recibido un hospedaje tan ruin y una hospitalidad tan cicatera. Una vez más recorrí las calles vacías hasta alcanzar la casa de Zara la samaritana, la única persona que en muchos años de recorrer el mundo en busca de la sabiduría me había proporcionado sin pedírselo algo más valioso que el conocimiento. Quizá la famosa fuente que da el saber y acorta la vida sólo era una forma poética de describir el amor.

Todo seguía como la última vez. Sin familiares ni amigos, nadie había acudido a poner orden ni a proteger los escasos enseres del saqueo a que estaban condenados cuando corriera la voz de su existencia y se disipara el aura de violencia y muerte que todavía imperaba. Más tarde la casa sería ocupada por un mendigo o un vagabundo o un delincuente, hasta que las inclemencias del tiempo y la incuria de los hombres la redujeran a escombros. Estos pensamientos me sumieron en la pesadumbre y el abatimiento, de los que me arrancó un ruido proveniente de la entrada. Miré hacia allí y vi abrirse la puerta por sí misma, empujada por una mano invisible. Recordé los sueños relatados en la confesión de Teo Balas y me turbé. Transcurrido un instante, se recortó en el vano la silueta de un hombre rodeado de una intensa luz, como si el sol radiante se hubiera colocado a sus espaldas. Convencido de estar en presencia de la divinidad, me cubrí el rostro con las manos y pregunté:

—¿Quién eres tú y por qué vienes a arrancarme de

mi melancolía? ¿No serás por ventura el Mesías, de quien tanto he oído hablar últimamente?

A lo que respondió la luminosa aparición:

—¿El Mesías? ¿Has perdido el juicio, Pomponio, y ya no reconoces a tus propios dioses?

Retiré las manos de los ojos y contemplé un rostro juvenil y risueño, a un tiempo familiar y temible.

—¡Filipo! —exclamé—. ¿Es posible que seas tú quien ahora se me presenta bajo esta imagen divina?

—Mi nombre no es Filipo ni soy quien tú crees —respondió—. En realidad soy el divino Apolo, el que hiere de lejos, dios de la juventud eterna y heraldo de los designios inapelables de Zeus. Mira mi arco infalible y mi cabellera dorada, de espléndidos bucles. Adopté forma humana para castigar al pérfido Teo Balas de sus muchos crímenes, pues, como sabes o deberías saber, soy guardián de los caminos y protector de los viajeros. Trabajar a las órdenes del falso Epulón no me fue difícil, pues no es la primera vez que me he visto obligado a servir a los hombres, castigado por el divino Zeus, que agrupa las nubes. Yo construí para Laomedonte, rey de Troya, las murallas inexpugnables de su famosa ciudad.

—No obstante, Troya fue destruida y Teo Balas ha huido sin pagar sus muchas culpas.

—Es verdad —admitió el luminoso Febo—. Vine con la intención de herir a Epulón con las flechas certeras de mi arco de plata, pero me fue imposible, pues tenía firmado pacto de impunidad con otras fuerzas. Entonces pedí ayuda a Gaia, señora de los sueños nocturnos, y ella le envió las visitaciones que le turbaron e impulsaron a volver a los caminos, donde espero atraparlo algún día. También a ti te he protegido en tus trabajos, porque soy un dios errante y me compadezco de los que viajan sin rumbo. Yo desplacé con un viento celestial al pobre Lázaro para que pudiera pedir ayuda cuando Berenice te había condenado a la hecatombe, y por mi advertencia desvió Liviano Malio su ruta y llegó a tiempo de levantar el asedio del Templo. También di alcance a Teo Balas en su huida y le obligué a escribir una confesión de sus crímenes bajo amenaza de lanzar en su persecución a las lúgubres Erinnias.

—Y con tus divinos dones, ¿no habrías podido socorrer también a Zara la samaritana? ¿Por qué me ayudaste a mí, que soy un hombre impío, y permitiste la muerte de una mujer piadosa, crédula y servicial y de su pobre hija inocente?

—En verdad, Pomponio, las cosas no han salido a la medida de mis deseos. En Grecia habría sido distinto, pero en Israel estoy fuera de mi territorio. Ya me gustaría ver al Mesías haciendo milagros en el Peloponeso. En cuanto a esta mujer, por la que ahora derramas lágrimas amargas, nada podía hacer yo, porque ni siquiera a mí me es dado cambiar el destino de los mortales. En compensación, la transformé en este laurel que ahora mece sus delicadas ramas junto a la puerta. Pero no te lamentes. Todos tenéis que morir, y para una mujer de su clase morir joven puede ser un acto de misericordia. Así quedará en tu recuerdo, Pomponio, siempre joven, como yo. Y ahora, me voy al lugar donde moran los Hiperbóreos, lejos por igual de los hombres y de los dioses, porque ni siquiera a los inmortales nos es permitido malgastar el tiempo.

Así dijo y el aire se llenó de una luz tan fuerte que quedé cegado. Cuando recobré la visión no había nadie en la estancia. Como me sentía sumido en la confusión y, al mismo tiempo, en una atmósfera de bienestar, no puedo afirmar que el divino encuentro hubiera sucedido realmente o sólo en mi afligida fantasía. Me levanté y salí precipitadamente de la casa, por si todavía lograba atisbar un rastro que confirmara la existencia de Febo Apolo, el que hiere de lejos, y como al cruzar el umbral me deslumbrara de nuevo una luz cegadora, creí estar todavía en presencia de una deidad, pero sólo eran los rayos del sol, que asomaba su dorada cabellera por el horizonte. Cuando cesó el ofuscamiento me llevé una sorpresa aún mayor al ver delante de mí al niño Jesús.

—He venido a despedirme de ti, *raboni* —dijo respondiendo a mi pregunta—, y a darte las gracias por haber renunciado a tus emolumentos. Pocas cosas sé debido a mi corta edad, pero no ignoro que la salud, el dinero y el amor es lo más importante para los adultos. Y como tú has renunciado a la riqueza y has perdido el amor cuando creías haberlo encontrado, sería justo que al menos recobraras la salud perdida.

—Los buenos deseos no tienen efectos terapéuticos —repuse—. En cuanto a lo demás, estoy acostumbrado, tanto a la penuria como a la soledad. El amor carnal sólo habría sido un obstáculo en mi búsqueda. Me conformaré con el recuerdo de un instante fugaz. La fragancia sutil del laurel lo evocará allí donde la perciba. Y ahora, regresemos, pues Apio Pulcro estará a punto de partir y no es cosa de renunciar a la escolta sabiendo que Teo Balas anda suelto.

—Espera un poco —dijo Jesús—, hay alguien más que te quiere desear feliz regreso.

Al decir esto señaló en dirección al prado contiguo a la casa, volví mis ojos hacia allí y vi venir a Lalita, la hija de Zara, acompañada de su corderillo.

—¡Por Júpiter! —exclamé—. ¿Alguien puede explicarme qué está pasando aquí?

Jesús me miró con inocencia y repuso:

—Ha vuelto.

—Pero yo mismo vi su cuerpo tendido junto al de su madre…

—Unos tienen ojos y no ven, y otros, en cambio, ven cosas que sólo han existido en su imaginación —dijo Jesús. Luego tiró de la manga de mi toga para hacerme bajar la cabeza hasta su nivel y susurró para que la niña no pudiera oír sus palabras—: Tú mismo me contaste la historia de alguien que bajó al averno para rescatar a la persona que quería. Y si pasó una vez, bien puede pasar dos veces.

—No digas disparates —repliqué—. La historia de Orfeo no es verdad. Sólo es un mito. Un símbolo. No sé de qué, pero un símbolo.

—¿Y qué diferencia hay entre una cosa y otra, *raboni*? —preguntó Jesús.

Me abstuve de responder, puesto que dar explicaciones a un niño tan pequeño habría sido largo y del todo inútil. Mi magisterio, si alguna vez existió, ya había concluido. En cuanto a lo sucedido realmente, decidí suponer que aquella tarde aciaga, a la tenue luz del crepúsculo y obnubilado por la impresión del trágico descubrimiento, habría creído ver dos cuerpos donde había uno sólo y no añadí nada. Heráclito reprueba nuestro afán por hacer que la realidad se adapte a nuestras expectativas. Acaricié los rizos de la niña y le pregunté si se quedaría en Nazaret y, en caso afirmativo, cómo pensaba subsistir, a lo que respondió ella con desenvoltura:

—Por nada del mundo me quedaría en este lugar,

del que sólo guardo recuerdos penosos. Además, aquí no tengo amigos y, siendo hija de una pecadora pública, nadie me acogerá en su casa, ni siquiera como sirvienta. Pero en Magdala, no lejos de aquí, vive una hermana de mi madre. He pensado ir a vivir con ella hasta que pueda cambiar de nombre y ganarme el sustento como mujer pública.

—Me parece muy razonable —dije—, pero Jesús se quedará muy triste si después de haberte recuperado tan inesperadamente, te vuelves a marchar.

—No importa —dijo Jesús—. Cuando seamos mayores nos volveremos a encontrar, estoy seguro. Mientras tanto, he de ocuparme de las cosas de mi padre.

Los dejé forjando sus ilusorios proyectos infantiles y me encaminé al Templo. Allí encontré a Apio Pulcro presto a partir y presa de la más profunda indignación. Aquella mañana, sin avisar a nadie, el sumo sacerdote Anano había abandonado precipitadamente Nazaret, pues los otros sacerdotes y el resto del Sanedrín le habían dicho que no podía enfrentarse de nuevo al pueblo que le había visto balancearse en la muralla suspendido de las barbas. Precisamente por aquellos días, su yerno Caifás había sido elevado a la máxima dignidad en el Gran Sanedrín, y Anano había decidido ir a Jerusalén y emprender una nueva etapa a la sombra de aquél. Con la marcha de Anano se alteraba el equilibrio de poder en la clase sacerdotal de Nazaret, y ahora eran los saduceos quienes tenían en sus manos las riendas del gobierno.

—Todos los planes de desarrollo urbano van a ser revisados —dijo el tribuno con amargura—, y lo más probable, dada mi amistad con Anano, es que busquen otro socio.

En el Templo me despedí del noble Liviano Malio, que se quedaba unos días en Nazaret para cerciorarse de que reinaba la tranquilidad, y le encomendé vigilar a la familia de José, pues cuando en un asunto ha intervenido la violencia, suelen quedar secuelas y resentimientos. Luego emprendimos la marcha.

Cuando llevábamos recorrido un trecho y la ciudad ya había sido engullida por el horizonte a nuestras espaldas, experimenté una súbita alteración en mi organismo, me acometió un violento temblor y por un instante estuve a punto de salir despedido una vez más de mi montura. Pero no sucedió esto, sino lo contrario: el temblor cesó con tanta rapidez como se había iniciado, me sentí invadido de un bienestar general y comprendí que en aquel mismo instante había recuperado la salud y el vigor perdidos. Así de imprevisible es la etiología de algunas enfermedades comunes, sus síntomas diacríticos y su prognosis.

Cuando nos detuvimos a descansar informé de mi repentina curación a Apio Pulcro, el cual, tras expresar un sincero alivio, dijo:

—Confío en que la experiencia te haya servido de algo y que en el futuro no vuelvas a ingerir aguas raras y heteróclitas en busca de resultados quiméricos.

—En eso te equivocas —le dije—. Precisamente ahora puedo proseguir las exploraciones con renovadas fuerzas. Tan pronto lleguemos a Cesarea buscaré una caravana que se dirija a la Cilicia, donde dejé interrumpidos mis experimentos.

Rió el tribuno y dijo:

—Por Júpiter, Pomponio, a tu edad, ¿todavía crees que hay algo nuevo bajo el sol?

A lo que respondí:

—Sí. Yo.

Desde este diálogo hasta el presente han transcurrido más de tres meses lunares. En Cesarea no había caravanas dispuestas a partir en ninguna dirección, pues los rumores sobre la presencia del Mesías se habían propagado por todo el país y reinaban el desasosiego y la alarma ante el temor de un levantamiento general. En cambio supe de un barco presto a zarpar rumbo a Tergeste. Pensando que desde allí podría rehacer el camino, pedí ser admitido como pasajero y, pese a no tener ni un dracma, lo fui gracias a la inesperada inclinación del capitán por las cuestiones relativas a la Naturaleza. Durante la travesía le referí mis viajes y él a mí los suyos, y en una ocasión me habló de un pequeño afluente del Vístula, en la Germania, cuya corriente discurre medio año hacia el océano y el otro medio hacia el Adriático —aunque no es cierto, como dicen algunos, que desemboque en este mar—, bien a causa de la fuerza de las mareas, bien de la acumulación de las aguas en tiempo de deshielo. También podría suceder, dijo, que se tratara de dos ríos distintos, porque cuando discurre de norte a sur, el agua es gélida; y en dirección opuesta, tan cálida que arden las cañas si se las sumerge. Este fenómeno no es único, pues ya Lucrecio lo describe y lo atribuye a la densidad de la tierra y los átomos de fuego que ésta desprende en la canícula. Pero lo más interesante de esta agua es que, según dicen, quien la bebe emite oráculos extraordinarios.

De momento yo no he notado tal efecto, sino otros más desagradables, pues a las pocas horas de haberla bebido empecé a regurgitar un fluido verde, ora por la boca, ora por el ano, con gran desfallecimiento corporal, pérdida parcial de la audición y persistente tartamudez. Por fortuna, los habitantes del lugar son hospitalarios y me cuidan con paciencia y desvelo, a pesar de que son de natural salvaje. Son queruscos, de la estirpe de los vándalos, de costumbres sedentarias. Viven de la caza y de la guerra continua con otros pueblos, en especial los frisios, los treviros y los mediomátricos. Rinden culto a Thor, dios de las batallas, y su caudillo es siempre el varón más aguerrido, más audaz y más diestro en el manejo del hacha. A éste, mientras conserva la fortaleza, todos le respetan y obedecen y le dan por el culo sin esperar a que él lo solicite. Pero cuando sus fuerzas empiezan a menguar, lo despojan de todo rango y lo uncen a una noria, donde acaba sus días dando vueltas sin cesar.

Condenado a permanecer no sé por cuánto tiempo en esta tierra ignota, donde reina un frío terrible y la noche es continua, recuerdo a veces los hechos de que fui testigo en Galilea y me pregunto si realmente ocurrieron o si fueron fruto de la fantasía morbosa producida por mi enfermedad. Sea lo que sea, en definitiva poco importa, porque sólo esto tengo por cierto: que dentro de unos años será como si nada hubiera existido, y nadie se acordará de Jesús, María y José, como nadie se acordará de mí, ni de ti, Fabio, pues todo decae, desaparece y se pierde en el olvido, salvo la grandeza inmarcesible de Roma.

NOTA

Hasta el lector más ingenuo habrá advertido que el presente relato es pura ficción. Sin embargo, buena parte de los hechos que se mencionan provienen de escritos o tradiciones antiguos, algunos de los cuales señalo ahora por si desea conocerlos el curioso o el aficionado a estos temas.

Plinio el Viejo, en su Historia Natural, *habla de unas aguas que vuelven a las vacas blancas, de otras que encienden las teas y de otras que conceden a quien las bebe el poder de emitir oráculos, pero acortan su vida. El mismo Plinio menciona la existencia de hombres minúsculos y de una planta somnífera llamada* halicacabon.

Los árabes no eran monoteístas hasta la predicación de Mahoma, que vivió en los siglos VI *y* VII, *y rezaban en dirección a Jerusalén, no a la Meca.*

La situación política en Israel era peculiar en aquellos años, y no sólo en aquellos años. A medias reino independiente, a medias colonia romana, los israelíes pagaban impuestos locales y, de mala gana, a Roma (al César lo que es del César, y a Dios lo que es de Dios), obedecían las leyes de unos y de otros y se regían por un sistema judicial tan complicado que para condenar a Cristo tuvieron que intervenir Herodes, Anás, Caifás y, finalmente, el procurador romano, Poncio Pilatos, que lo hizo ajusticiar. Hubo dos reyes con el nombre de Herodes; al primero, apodado el Grande, se le atribuye la matanza de los inocentes, aunque murió cuatro años antes del nacimiento de Jesús; al segundo, la decapitación de san Juan Bautista. Debido a su autonomía, más o menos nominal, en Israel no había un gobernador romano, sino un procurador que no vivía en la capital, Jerusalén, sino en Cesarea, una población marítima cuyas ruinas se pueden visitar en la actualidad. Si la situación lo requería, el procurador podía recurrir al gobernador de Siria, con sede en Antioquía, que disponía de cuatro legiones. Cada legión constaba de 6.120 hombres.

Mucho se ha debatido que José fuera a Belén a empadronarse. Es cierto que Quirino, a la sazón gobernador de Siria, ordenó un censo en el año 6 a.C., del que nos ha llegado constancia por sus consecuencias. Por razones religiosas, los judíos se oponían a estos censos, pues aceptarlos era, para ellos, reconocer una forma de Estado laico. Por esta causa, el censo de Quirino provocó una revuelta, encabezada por uno de los muchos pretendidos Mesías que surgían en estas ocasiones. Sea como sea, no tenía lógica que José, que vivía en Nazaret, se hubiera ido a empadronar a Belén, aunque fuera oriundo de este lugar, puesto que entonces, como ahora, los ciudadanos se empadronaban donde vivían, trabajaban y tributaban. Menos lógico es que, para complicar más las cosas, se llevara consigo a su esposa, que estaba a punto de dar a luz. En realidad, lo importante a los ojos de los evangelistas era que Jesús naciera en Belén, tal como habían anunciado las profecías, y que fuera de la casa de David, a la que pertenecía José, lo cual, a su vez, es un contrasentido, porque entre José y Jesús no había ningún vínculo de parentesco.

El nombre de Teo Balas corresponde a un personaje histórico, pero no a un bandido. Sí se menciona en uno de los evangelios apócrifos a un bandido terrible, a quien se adjudican robos, asesinatos, mutilaciones y otras barbaridades. Otro texto apócrifo cuenta que la Sagrada Familia fue asaltada durante la huida a Egipto, no por uno, sino por dos ladrones, uno bueno y otro malo. La intercesión del buen ladrón les permitió salir indemnes del encuentro. Años más tarde, el buen y el mal ladrón morirían crucificados con Jesucristo en el Calvario.

La crucifixión era una forma de ejecución privativa de los romanos y de carácter excepcional. Las cruces podían ser de tres tipos: la crux comissa, en forma de T, la crux immisa o capitata, con el palo transversal más bajo, en la que murió Jesucristo, y la crux decussata, en forma de aspa, también llamada cruz de san Andrés. La crucifixión se aplicaba a los traidores, a los esclavos, por ejemplo, a Espartaco, y a algunos criminales destacados. Una tradición cristiana apócrifa dice que la cruz en que murió Cristo había sido fabricada en la carpintería de san José.

Pomponio Flato comete un error al no reconocer el luto de Berenice, puesto que ésta sigue la tradición romana del color blanco, en lugar del saco de tono oscuro que al parecer usaban los judíos. En este y en otros detalles, la familia de Epulón, como la mayoría de las familias acomodadas de la época, había adoptado las costumbres romanas.

Operaciones inmobiliarias como la que aparece en este relato eran frecuentes en aquellos tiempos. De hecho lo son en todas las épocas y lugares. Los historiadores romanos hacen referencias a ellas en varias ocasiones, puesto que dieron lugar a grandes fortunas y también a grandes escándalos, a los que no fueron ajenos personajes ilustres.

Por dotar a Quadrato de un pasado marcial le he hecho participar en la batalla de Farsalia, que tuvo lugar el año 48 a.C., lo que lo convertiría en poco menos que un viejo. Una licencia. De todos modos, los soldados profesionales se jubilaban a muy avanzada edad.

Casi todas las frases y pensamientos de Zacarías provienen de las Escrituras, pero no así la historia de Amram, que es de mi propia cosecha.